寓言集

［墨］胡安·何塞·阿雷奥拉 著

梁倩如 刘京胜 译

上海译文出版社

目 录

译 者 序

胡安·何塞·阿雷奥拉生于墨西哥哈利斯科州大萨波特兰，家境贫寒，小学未毕业便辍学。但他自幼就对文学有浓厚兴趣，博览群书，又遇名师指点，终自学成才。阿雷奥拉的作品融合了小说、诗歌和散文等文体的特征，将想象与现实结合，模糊了真实与虚构的界限。他的《寓言集》《动物集》《集市》等作品极大推动了墨西哥当代奇幻文学的发展。

自25岁发表短篇小说《他活着的时候行了善事》，阿雷奥拉开始在墨西哥文坛崭露头角，他与胡安·鲁尔福同属20世纪50年代一派，是拉丁美洲举足轻重的作家。阿雷奥拉的故事引人入胜，充满魔幻色彩。他擅长采用隐喻和夸张的方式使真实人物变形，在荒诞之上建立客观性和常识，语言明快犀利、俏皮诙谐。

文学评论常常会批评幻想文学脱离实际，但阿雷奥拉的许多作品却体现出了他对现实世界生活的焦虑和担忧。阿雷奥拉享有讽刺大师的美誉，以幽默的语调表现痛苦的主题，不仅是针砭时弊，也是对人生的思考。本书中的《铁路扳道工》就是很好的例子。

埃马纽埃尔·卡瓦略[1]在谈到阿雷奥拉的讽刺手法时说："他制造冲突，虚构情节，从理性跳跃到荒诞，又从荒诞回到理性。他将讽刺藏匿在叙述中慢慢灌输给读者。阿雷奥拉创造了一种新的小说形式。"

西摩·曼顿[2]这样评价阿雷奥拉简洁的文风："在错综复杂的凝练文字中，作者表达出了最丰富的内容。他知道如何抓住人、物以及事件的本质。他不是在描摹，而是在做入木三分的刻画。"关于这一点，阿雷奥拉本人则表示他要通过"既展现人的品质也展现人的缺陷的故事"来表现人性，而"这些故事仅仅是我们抓住人性某一特质的契机"。

费利佩·加里多[3]这样概括阿雷奥拉作品的艺术特点："阿雷奥拉是一位文学大师，他的作品充满惊奇、神秘与幽默，从可信走向不可信而又不失真实，其人物则在现实与幻想之间自由地来往穿梭。阿雷奥拉通过讥讽（先是温和的，后是粗野的）、平和的荒诞和逻辑、文献资料和虚构的混合、对可感知现实的不断破坏——这些都是为了一种建立在荒谬基础上的客观性和常识——创作出一种新小说，开辟出一片新天地。在这片新天地里，语言变得俏皮而诙谐，给人以无限愉悦，但若想将真正的现实和纯粹的想象分辨清楚

1 埃马纽埃尔·卡瓦略（1929—2014），墨西哥作家、散文家、文学评论家、编辑、记者。

2 西摩·曼顿（1927— ），文学评论家。

3 费利佩·加里多（1942— ）墨西哥权威评论家。

却是绝无可能的。”

阿雷奥拉把自己的作品概括为“个人的戏剧”，其中的主题包括“孤立”、“孤独”、“同居生活”，以及“不可能的爱”。有评论说，“爱是阿雷奥拉作品的重要主题——开始是年少时理想化的爱情，之后转变为以害怕和讽刺的眼光看待女性。对他来说，女性是精神狂乱、痛苦和死亡的化身。”这一点在《独角犀》《广告》中都有所体现。

《寓言集》是阿雷奥拉将诸多文学影响及表现手法融和一体的尝试之作，是一个化繁为简、浓缩精华的过程。本书中的文章寓意丰富，多样的表现方式中隐藏着苦涩的现实。对于同一个故事，不同的读者可能会有不同的理解；即便是同一位读者，多次阅读一个故事时也可能会产生不一样的感悟。每一篇文章既是在讲故事的主人公，也是在说作者，有时读者甚至还能在其中看到自己的影子。阿雷奥拉的作品是越琢磨越有味，其中的奥妙还请读者慢慢品味揣摩。

如书名所示，这是本寓言集。它一篇篇短小而寓意深远的故事使我们在翻译过程中颇有感悟。它的文字看似简单，但其所蕴含的意义时时让我们不得不斟酌再三。我们翻译的原则是，首先保证它不失原意，然后再尽力传神。但我们是否真正做到了，还需读者在欣赏作品的过程中对我们的努力予以评判。

在西班牙拉美文学方面，我国已经出版了不少长篇作品，其中不乏世界顶尖级经典名著。但像本书这样短小精辟的寓言故事集实属不多。如果它能给读者带来一些精神享受和启迪，如果它能让人们在熟知《伊索寓言》之后，还能想起阿雷奥拉的一些寓言，那将是对出版者和译者的最大褒奖。

梁倩如　刘京胜

记忆和遗忘（作者序）

我，先生们，来自大萨波特兰。这镇子很大，因此一百年前人们把它改名为古茨曼城。不过我们这些土里土气的乡下人还是喜欢管它叫萨波特兰。我们的镇子位于一个种满玉米的山谷中，这里群山环绕，除了宜人的气候、湛蓝的天空和那一池如同浅梦般涨涨落落的湖水外，再无其他矫饰。五月到十二月是玉米生长的季节，那时候玉米田里的玉米总会齐头并进。有时我们也会把镇子叫做奥罗兹科[1]的萨波特兰，因为这里是画风彪悍的何塞·克莱门特的出生地。作为他的老乡，我总有种出生在火山脚下的感觉。关于火山，除了这位画家，从山志学上来说，我们镇子里还有两座高峰。那座名为科利马的内华多的火山，虽然准确地说，它其实已经到了哈利斯科的土地上；它是座死火山，冬季的冰雪是它的装饰。而另一座却是活火山。1912年它曾爆发过一次，那时火山灰布满了整个镇子。回忆起那段庞贝末日般的经历，镇子里的长者们至今仍心有余悸：黑夜被照得亮如白昼，大家都以为是到了最终审判的时刻。话题扯得有些远了。其实就在去年，我们还被涌出的熔岩吓得够呛，当时火山冒着烟，不断发出咆哮。一些地质学家被这一现象吸引，因此便来拜访我们。他们给我们测了体温和脉搏，我们则请他们喝了石榴甜酒。地质学家们试图用科学的解释安抚我们的情绪：我们枕头底下的这颗炸弹随时可能爆炸，或许是晚上，或许是接下来的一万年中的任何一天。

我们家总共有十四个孩子，我是老四。感谢上苍，我的父母至今健在。正如诸位所见，我并不是个任性的孩子。众多阿雷奥拉[2]和苏尼加[3]的声音一直在我脑海中聒噪地进行着到底是否要信教这一由来已久的家庭争吵。追溯到非常久远的过去，这两个家族似乎都来自巴斯克地区。后来，当两个家族的人在机缘巧合下相遇，他们结合的产物身上却和谐地流淌着成就了墨西哥的血液和一个来历不明的法国修女的血液。有一些家族轶事我还是不讲为好，因为我们家姓氏与《圣经》有关，藏匿于西班牙犹太人后裔之中。没人知道唐·胡安·阿巴德，我的曾祖父，给自己换上阿雷奥拉这个姓是不是为了抹掉最后一丝犹太人皈依天主教的印记（阿巴德这个名字源自 abba，在阿拉米谣[4]里的意思是父亲）。大家别担心，在这里我并不会把我们的家谱公之于众，也不会向上追溯我的祖先是谁，我是如何继承《熙德之歌》的抄写员的平民血统的，更不会解释托雷·德·克维多的虚名如何得

1 奥罗兹科是后面提到的画家何塞·克莱门特的姓氏的一部分。
2 作者父亲的姓。
3 作者母亲的姓。
4 古代西亚的通用语言。

来。我惜字如金，说每一句话时都抱着庄重的态度。从最近的关系来说，我来自两个古老的家族：我母亲的铁匠家族和我父亲的木匠家族。我兼具这两个家族的特点，我舞文弄墨的热情也是由此而来。

我生于1918年福音书作者圣马太和圣女伊菲革涅亚[1]的诞生日，适逢西班牙流感盛行。我在一群鸡仔、野猪、山羊、火鸡、母牛、驴子和马中间降生。在我第一次站起来走路时，一只从栅栏里跑出的黑色羔羊跟在了我身后。这一事件造成了困扰我一生的痛苦；具体来说，它是我患家族性神经机能病的先兆。不知是幸运还是不幸，我的病症并没有发展成癫痫或是神经错乱。那只倒霉的黑色羔羊至今仍跟着我，搞得我的步伐就像是被神话中的野兽追逐的史前穴居人一样颤个不停。

和其他孩子一样，我也曾上过学。不过，因为一些令我难以启齿的正当缘由，我辍学了：我在孩童时期正巧赶上了省里的反对取缔教会的革命。镇子里的教堂和教会学校都关闭了，作为牧师和躲藏起来的修女们的侄子，我不能进入被异教徒控制的官方学校上学。我的父亲总能绝处逢生。面对当时的状况，他并没有将我送去地下学校或是政府学校学习，而是直接让我参加了工作。如此一来，我在十二岁时就作为学徒进入了何塞·玛利亚·席尔瓦先生的作坊，他是个

1 伊菲革涅亚是迈锡尼国王阿伽门农的长女，为平息狩猎女神阿耳忒弥斯的不满，险被其父献祭。

装订专家。后来，我又去了谢帕·古铁雷斯的印刷所工作。在那里，我对书籍这种载体的热爱开始萌芽。我对于文字的爱则早在我上小学时就已经产生，那源自一位我十分敬重的老师——何塞·埃尔内斯特·阿塞韦斯——的作品：他让我知道，这个世界上除了商人、小企业家和农民外，还有诗人。在这里我得说明一下：我那无所不能的父亲曾建议何塞老师经商、开企业、种地（全是小打小闹），但他最终都以失败告终——他有着诗人的灵魂。

我是自学成才，这一点毋庸置疑。我十二岁时就在大萨波特兰拜读了五十余位多少有些名气的作家的作品，这些作家中包括波德莱尔、沃尔特·惠特曼以及我所属流派的主要奠基人——帕皮尼[1]和马塞尔·施沃布[2]。我总听音乐，还有那些俗语；我很喜欢乡下人之间的对话。

自1930年至今，我从事过二十余种不同的职业和职务。我做过流动小商贩、记者、搬运工、银行收款人、印刷工人、喜剧演员、面包师……您尽可以充分发挥想象。

这里要是不提一下那个改变了我一生的男人就太说不过去了。路易斯·乔维特在瓜达拉哈拉时与我相识，并在二十五年前把我带到了巴黎。那次的旅行就如同再也无法重

---

1 帕皮尼（1881—1956），全名乔凡尼·帕皮尼，20世纪意大利最重要的作家之一，对何塞·阿雷奥拉的写作风格影响深远，其作品皆篇幅短小，充满讽刺意味，且经常熔多种文体风格于一炉。

2 马塞尔·施沃布（1867—1905），法国著名作家与文学评论家。与帕皮尼一样，他对何塞·阿雷奥拉的写作风格也产生了很大影响。

现的浮生一梦；我站上了法兰西喜剧院的舞台——在让·路易斯·巴劳特[1]的指导下，我与玛丽·贝尔[2]同台，扮演了《安东尼和克莉奥佩特拉》中战船上一个赤身裸体的奴隶。

待我从法国回来后，经济文化基金会为我提供了一个技术处的职位。这还要多亏安东尼奥·阿拉托雷从中斡旋——他让我佯装语言和语法学家。在校对了三年印刷校样、译文以及原文后，我自己也成为了一名作家（《种种虚构》，1949年收录于丛书《特松特雷》之中）。

再做最后一点有些忧伤的坦白。我并没有充足的时间研习文学，可我每一分每一秒都在爱着它。我爱语言超过爱世界上的任何东西，并对那些通过语言文字展现其灵魂的人心怀崇敬，不论是以赛亚，还是弗兰兹·卡夫卡。我对所有当代文学持怀疑态度。我生活在经典和美好的庇护下，它们守护着我的作家梦；可与此同时，我也生活在将要创造新的墨西哥文学的年轻人中间：他们的身上承载着我未竟的事业。为了帮他们成就伟业，我日复一日地向他们讲述着我在为数不多的时间里（这时候我的嘴巴似乎是被另一人所控制）学到的东西，以及在片刻间通过那燃烧的荆棘[3]所听到的内容。

---

1 让·路易斯·巴劳特（1910—1994），法国著名演员、导演和哑剧演员。

2 玛丽·贝尔（1900—1985），法国著名悲喜剧演员和舞台导演。

3《圣经·旧约·出埃及记》记载，有一天，已是白发满头的摩西去旷野放羊，来到何烈山附近时，耶和华的使者从荆棘里火焰中向摩西显现。荆棘着火，却没有被烧坏。耶和华上帝在荆棘里呼叫摩西并给予其启示。

在着手编辑本书定稿时，华金·迭斯－卡内多和我达成一致，要为我的作品重塑鲜明的个性。阴差阳错之中，自1949年起出版的《种种虚构》《寓言集》和《动物集》这三本书的风格界定有些模糊。(《集市》还得另说。) 而现在，我们根据风格的不同对三本书中的文章进行了调整，剔除与书中其他内容风格迥异的文章，并把符合整本书基调的文章补充进来。

本书，也就是《寓言集》中收集的是一些文风成熟或接近成熟的故事。《种种虚构》里则是一些不太成熟的早期作品。《动物集》后有《正音法》作为补充[1]，因为《动物集》中收录的都是短篇作品：既有散文诗，也有诗散文（这些术语对我来说都是小菜一碟）。

说到底，最终谁还会在意是否从作品全集或选集的第五册起，所有作品都会被叫做“全寓言集”或是“记忆与遗忘”呢？在这里我只想指出一点，那就是不论编辑策划与否，书籍作者和其潜在的读者都是一体的。我们在记忆和遗忘间做出取舍，并用每个人的人生和阅历不断丰富着其中的内容。

胡安·何塞·阿雷奥拉

1 上海译文出版社引进出版的《动物集》版本不包括这篇《正音法》，特此说明。

……我沉默地窥视着

同时某个贪婪的人也在观察着我。

——卡洛斯·佩利塞尔[1]

1 卡洛斯·佩利塞尔（1897—1977），墨西哥作家、诗人、博物馆学家和政治家。

山　震[1]

……将要出生的是一只滑稽的老鼠。

——贺拉斯，《诗艺》，139。

在我的朋友和冤家间流传着一个新闻，那就是我知道《山震》的另一个版本。不论我走到哪，大家都会让我讲那则故事，而他们所展现出的期望已经远远超出了对故事本身的兴趣。我对这些好奇的人好言相劝，并不厌其烦地请他们去查阅故事的经典版本和最新版本。然而大家颇为不满：所有人都想听我亲口讲出那个故事。他们可不好惹，热情的坚持渐渐变为了威逼利诱。还有一些冷漠的人佯装满不在乎，试图以此对我的感情造成更大伤害。我想他们迟早会对我采取行动。

昨天，光天化日之下我在大街上被一群充满怨念的人突袭了。他们堵死了我的去路，尖叫着逼迫我从故事的开头讲起。许多正好路过的闲杂人等也都驻足观望，他们并没料到自己将成为一桩罪行的共犯。毫无疑问，我那窘迫的卖艺人模样还挺讨喜的，他们都很乐意围观。很快，我的周围便满是密集的人群。

我被挤得喘不过气，同时又找不到出口，于是便聚集起全身能量，打算与我作为作家的名誉决裂。有人在我脚下放了一个交通警察专用的小板凳，我便踩了上去；我的声音由于激动而变得刺耳，却依然举止如常地开始了老生常谈："声势浩大的地震和爆炸破坏力惊人，树木连根拔起，石头碎成几段，似乎有什么了不得的事就要发生。是有火山要爆发吗？会有火海吗？在地平线上会升起一颗蛰伏已久的新星吗？女士们，先生们：大山就要分娩了！"

我的描述中满是麻木与窘困。有那么一会儿，我的叙述全靠演技，我就像是一个面对着无声乐队的指挥一样。我的失败如此真实确凿，几个观众深受感动。"好极了！"我听到周围的人在欢呼，他们鼓励我把故事讲完。我下意识地抬起手，用力捂着脑袋，希望能尽快给故事画上句号。观众们已经猜到最终出来的就是那只传奇的老鼠，可他们仍装出一副有些病态的好奇模样。这些人相当齐心。

我深谙游戏规则，在内心深处并不愿以魔术师的方式结束这一切，辜负大家的期望。然而，突然间我失去了一切记忆。我忘记了在学校里学到的知识，也忘记了在书本上读到的内容。我的大脑一片空白。我手足无措，天真地试图追

1 《山震》是《伊索寓言》中的一则故事。贺拉斯曾在其诗体长信《诗艺》中提及这则故事。

随那只老鼠。此时人群第一次陷入了难能可贵的安静，只有几个观众在向刚刚加入围观的人解释着故事背景。我感到十分恍惚，苦苦思索着故事的结局，整个人就像是失去理智一般。

我逐个检查着衣服口袋，在众目睽睽下把它们翻了个底朝天。随后我摘下帽子，但随即就把它扔在一旁，打消了从里面变出一只兔子的念头。我松开领带，接着解开上衣，直到双手颤抖着落在裤子最上面的几颗纽扣上。

在我就要晕倒的瞬间，一张突然出现的女人的面庞拯救了我，那张脸上闪烁着充满希望的红晕。我把她作为倚仗，把所有希望都寄托在了她身上，并把她奉为缪斯女神。然而，我忽略了一个问题——女人往往会对微妙而棘手的问题束手无策。此刻我已经紧张到了无以复加的地步。是哪个好心人注意到了我的状况并且打电话求助了呢？从地平线上传来的救护车的鸣笛声预示着终极威胁的降临。

千钧一发之际，我如释重负的微笑让那些无疑想要对我进行严刑拷问的人暂停了行动。我感觉我的左胳膊下面有种来自动物巢穴的温热……我的左腋下有什么东西活跃并扭动起来……我将胳膊在身侧缓缓垂下，把手像勺子一样握了起来。奇迹发生了。一个娇弱的小生命沿着我的袖管爬了出来。我抬起胳膊，张开手掌，摆出胜利的姿态。

我叹气，人群也跟着我叹气。我不由自主地给自己鼓起了掌，周遭随即响起了热烈的掌声。面对刚刚出生的老鼠，大家群情激昂。那些明白了状况的人走上前从各个角度观察着老鼠，验证了它确有呼吸并且可以移动；他们从未见过类似场面，全都发自肺腑地向我表示祝贺。可没走出几步，他们又产生了异议。他们耸耸肩又摇摇头，对事情产生了怀疑。这其中是不是有什么陷阱？那只老鼠是真的吗？为了宽慰我，一些热心人打算让老鼠在他们的肩头爬一爬，但这也无济于事。人群渐渐散去。一番努力后我已是疲惫不堪，周围的人很快就要散尽，我打算把小家伙送给第一个向我索要它的人。

女人们总是很害怕啮齿类动物。但那个脸颊在人群中闪闪发光的女人却走到我身旁，羞涩地问我可不可以把这个惹人怜爱的幻想的产物送给她。我喜出望外，立刻把老鼠递给她；令我难以置信的是，她竟然满怀爱意地把老鼠放在了胸前。

女人一面道别一面向我表示感谢，为避免产生误解，她努力向我解释着她这么做的原因。看到她如此慌乱，我便愉快地听着她说话。她跟我说她有一只猫；她和丈夫一同生活在豪宅中。她只是想给他们一个小小的惊喜。他们家没人知道一只老鼠意味着什么。

我实实在在地告诉你们

所有对骆驼穿过针眼[1]感兴趣的人都该将自己的名字写入尼古拉斯的实验的赞助者名单中。

脱离了一群操控着铀、钴和氢并且可置人于死地的智者们，阿帕德·尼古拉斯开始了他目前的研究，这项研究的开展是为了做慈善，从根本上说其目标是人道的：拯救富人们的灵魂。

尼古拉斯提出了一个科学方案：分解一头骆驼，并让它以电子流的形式通过针眼。与电视屏幕基本相似的一台接收装置会将电子组合为原子，将原子组合为分子，将分子组合为细胞，并根据原始结构在瞬间使骆驼恢复原样。尼古拉斯已经在不接触水滴的情况下成功将一滴重水变换了位置。此外，他还可以在物质本身允许的范围内分析出一只骆驼蹄可释放的量子能量。在这里我们觉得还是不必用那串天文数字把读者搞得晕头转向了。

尼古拉斯教授遇到的唯一比较严肃的问题是他没有一家自己的原子公司。那些庞大得如同城市一般的设施昂贵得令人难以置信。不过，一个特别委员会拟通过全球募捐的方式为他解决经济上的困难。前几批捐款的数额十分有限，它们被用于设计制作几千份宣传册、债券和说明书，支付尼古拉斯教授微薄的薪水——这样他才能继续进行测算和理论研究，以及修建那些巨大的实验室。

截至目前，特别委员会所拥有的只有骆驼和针。由于动物保护协会已经批准了这一项目——此项目对骆驼无害，甚至会有益它们的健康（尼古拉斯有可能会让所有细胞再生），全国的动物园已经为提供骆驼排起了长队。纽约毫不犹豫便贡献出了他们最负盛名的白色单峰驼。

至于那根针，阿帕德·尼古拉斯以它为傲，他认为它是整个实验的基石。那并不是一根普通的针，而是汇集了尼古拉斯才智和辛劳的神奇产物。乍一看去，人们可能会将它与普通的针搞混。尼古拉斯太太，一位温文尔雅的女士，极为满意地用那根针缝补了丈夫的衣服。可针的价值是无限的。它是用一种极为罕见的金属制成，这种金属至今仍未能被归类，尼古拉斯几乎没有提过它的化学符号，但似乎是由镍的各种同位素构成的化合物。这种神秘物质引发了科研人员的思考，其中一种可笑的设想是金属的材质是一种合成钺或畸变钼；此外，还有人胆敢公然发表一位嫉妒心很强的教授的言论，声称尼古拉斯所使用的金属是填塞在高密菱铁矿中的微小结晶簇。可以确知的是，尼古拉斯的针可以经受住以超宇宙速度运行的电子流的摩擦。

---

1 《圣经》中有“富人进入天堂，比骆驼穿过针眼还要艰难”的表述。

在最受深邃的数学家们欢迎的一种解释中，尼古拉斯博士把骆驼穿过针眼时的状态比作一根蛛丝。他告诉我们，如果要用这根蛛丝织一块布，那我们需要整个太空的空间才能将整块布展开，而太空里或隐或现的星星就会如同细碎的水珠一般挂在上面。这根蛛丝会有几百万光年那么长，尼古拉斯可以在 0.6 秒的时间内把它缠绕起来。

如您所见，这个项目可行性很强，甚至可以说是过于科学了。它已经得到了杰出的奥拉夫·斯塔普雷顿[1]在伦敦领导的星际联盟的好感和精神支持（暂未有官方确认）。

鉴于尼古拉斯的项目理所当然地在世界各地引起了热切期待，特别委员会对项目表现出了极高兴趣，他们还提醒全世界的权贵不要上那些让死骆驼穿过小洞的骗子的当。那些人大言不惭地称自己为科研人员，其实只不过是以满怀希望的易受骗人群为猎物的骗子。他们使用的手法相当普通。首先将骆驼溶解在越来越稀的硫酸中，然后使用蒸汽漏斗让液体从针眼滤过，如此他们便觉得自己创造了奇迹。可正如您所见，那项实验根本毫无用处，为其提供资金也没有意义。在这看似不可能实现的空间移动完成前后，骆驼应该都是活着的。

比起熔化成吨的大蜡烛和把钱花在无法解释的慈善事业中，那些对获得永生感兴趣并且拥有碍事的财富的人应该赞助分解骆驼这个项目，因为它科学、引人注目，说到底还有

1　奥拉夫·斯塔普雷顿（1886—1950），英国哲学家、科幻作家。其作品影响过很多其他科幻作家。

利可图。在类似状况下谈论慷慨豪爽是没有必要的，您只要闭上眼睛、敞开钱包就好了，要知道，所有花费都将按比例获得补偿。所有捐助者都会得到相同的奖励：现在最要紧的是尽早确认缴费日期。

项目结果不可预知，不到项目结束，我们就无法确知所需资金的总额。一丝不苟的尼古拉斯博士拒绝在经费紧张的情况下开展工作。投资人必须持之以恒地在数年内缴纳其投资份额。项目需要雇用数以千计的技术人员、经理和工人，建立区域和国家分管委员会，并设立培养尼古拉斯教授继承人的学院——对于最后一点，我们不仅要有先见之明，还要提出具体计划，因为项目的尝试于情于理都很可能需要好几代人的努力，更别提智者尼古拉斯已经上了年纪。

正如人类所有的目标一样，尼古拉斯的实验可能会有两种结果：失败和成功。除了简化个人救赎的问题，尼古拉斯的成功还会将那些履历神秘的企业家变成一家巨大的运输公司的股东。以实用而经济的方式把人类分解将会变得非常容易。未来的人将能溶解为电子束，在极短时间内安全地实现远距离旅行。

不过，假如项目失败，那将更加可喜可贺。如果阿帕德·尼古拉斯是个造梦者，而在他死后会有一大群骗子继承其事业，他们的人道主义事业则会以几何级速度或如同卡雷尔[1]

1 卡雷尔（1873—1944），全名亚历克西·卡雷尔，法国医生、实验生物学家。他因发现一种缝合血管的方法和在组织培养上的杰出贡献而获得1912年诺贝尔生理学或医学奖。

医生培养的鸡肉组织一样成长得更加崇高而伟大。任何事都不能阻止他作为世界资本分解的奠基人被载入史册。至于那些富人，他们会因为消耗极大的投资相继陷入穷困，尽管骆驼不会穿过针眼，可富人们将很容易就能从那扇窄门（那个针眼）进入天国。

独 角 犀

我与一头独角犀斗争了十年时间；我是法官麦克布莱德的前妻。

约书亚·麦克布莱德霸道自私地占有了我十年。我见识过他的狂躁、他转瞬即逝的温柔，以及深夜里他固执而充满仪式感的淫荡。

在搞清楚爱到底是什么之前，我就对它持蔑视态度，因为约书亚用辩词向我表明，爱不过是用来供女佣们消遣的故事。而他给我带来的是可敬的男人的保护。得到一位可敬的男人的保护——在约书亚看来——是所有女人最大的欲望。

我和那头独角犀短兵相接了十年，唯一的一场胜利就是说服他和我离婚。

约书亚·麦克布莱德再婚了，不过这次他选错了人。他本想找另一个艾莉诺，结果遇上了和他势均力敌的人。帕梅拉甜美烂漫，却深谙能帮助她战胜独角犀的秘诀。约书亚·麦克布莱德会从正面进攻，但无法迅速转身。当有人突然出现在他背后时，他不得不果断转身，以重新展开攻击。帕梅拉抓住他的尾巴不放，并猛烈晃动。法官不停转圈，逐渐开始感到疲倦；他屈服了，态度也缓和下来。他的狂怒变得迟缓而凄楚；他的说教变得失真，仿佛是从一个三流演员嘴里冒出的台词一样。他的狂怒不再表露在外。他像座地下火山一样，帕梅拉坐在他身上，面带笑容。和约书亚在一起，我就像在大海中沉没的人；帕梅拉则能如同脸盆里的小纸船般漂浮起来。她是一位节制的、秉持素食主义的主教的女儿；她的父亲教会了她如何将老虎也变成节制的素食者。

不久前我曾在教堂见到了约书亚，当时他正在虔诚地聆听讲道，看起来瘦削而干瘪。帕梅拉仿佛用她那双纤弱的手压缩了约书亚的块头，折弯了他的脊柱。素食者特有的苍白使他看上去略显病态。

前去拜访麦克布莱德夫妇的人向我讲述了出人意料的事情。他们谈到了令人难以想象的食物，没有烤牛肉的午餐和晚餐；他们向我描述了约书亚吞下几大盘子沙拉的情景。通常，这样的饮食是无法为他到达曾经的狂怒顶点提供足够能量的。他最喜欢的饭菜都被严苛的厨娘有条不紊地改变或取消了。软奶酪和戈尔贡左拉干酪不会再带着它们油腻的恶臭包围餐厅里的烟色橡木桌。取代它们的是寡淡的奶油和无味的奶酪，约书亚像个受罚的孩子一样沉默地用餐。帕梅拉总是和蔼可亲、满面笑容，她会把约书亚抽了一半的古巴雪茄熄灭，定量供应烟斗里的烟丝，并且限制威士忌的饮用量。

这就是人们向我讲述的内容。我很喜欢想象他们两人独处时的情景，在多支烛台清冷的灯光中，他们坐在狭长的餐桌旁吃晚餐。在审慎的帕梅拉的监视下，贪吃之徒约书亚狂躁地吞咽着他清淡的佳肴。不过，我最喜欢想象的还要数下面这个场景：深夜里，独角犀穿着拖鞋，粗笨难看的身体藏在晨衣下，羞涩而固执地敲着那扇顽固的门。

蜢　蜘

蜢蜘自由地在家里穿梭，但这样的恐惧我还能承受。

当我和贝阿特丽丝一同进入街边集市上那间肮脏的茅屋时，我觉得那只令人作呕的害虫是命运能带给我的最糟糕的东西。它比眼神中突然显露出的蔑视和同情还要更糟。

几天后，我回到茅屋买下了蜢蜘，吃惊的小贩向我讲述了一些关于蜢蜘的习性和它的奇特饮食的情况。我这才明白过来，我彻彻底底地陷入了威胁之中，那将是我心理所能承受的最大恐惧。我依然记得当时我颤抖摇摆的脚步；回家的路上，我感受到了蜘蛛轻飘而又沉重的分量。毫无疑问，与蜘蛛的重量相比，用来装运它的木盒的重量几乎可以忽略不计。那仿佛是两种截然不同的重量：一种来自于无辜的木头；另一种则来自于那邪恶有毒的动物，它就像个无法摆脱的累赘一样拉着我。盒子里放着的是我要安置在家里的我的地狱，为的是消除另一个地狱——男人们难以忍受的地狱。

在一个值得纪念的晚上，我把蜢蜘从盒子里放了出来；我看着它像螃蟹一样在屋里跑，最后藏在了家具下。那个晚上是我无法形容的生活的开端。自那时起，我所度过的每一刻都留下了蜘蛛跑动的印记。它在家中无迹可寻，却又无处不在。

每天晚上我都颤抖地等待着那致命一蜇的到来。有很多次，我醒来时浑身冰冷紧绷、动弹不得，在梦中我真切感受到了蜘蛛在我身上留下的令人发痒的足迹、它无法言说的重量，以及它内脏的稳固。然而，黎明总是会到来。我还活着，我的灵魂徒劳地做好准备，并且变得更加完美。

在一些日子里，我会觉得蜢蜘已经消失了。它也许走丢了，也许已经死了。但我并没有采取任何行动去验证自己的想法。我一直等着在偶然间与它再次相见。或许是在我走出卫生间的时候，又或许是在我脱衣服准备上床睡觉的时候。有时候夜晚的寂静会让它脚步的回声变得清晰。尽管这声音难以察觉，可我已经学会了如何去辨别。

很多时候，我发现我前一天投放的食物还原封不动地摆在那里。即便食物不见了，我也无法确定到底是蜢蜘把它吃了还是房子里其他无辜的客人把它吃了。我甚至想过自己有可能是被骗了，一直任凭一只假冒蜢蜘摆布。或许小贩欺诈了我，让我用高昂的价格买了一只无害而令人恶心的屎壳郎。

不过，事实上这并不重要。我确信自己终有一死，已经将那只蜢蜘奉为神明。在失眠最难熬的时候，当我迷失于各种猜测而不能自拔的时候，蜢蜘总会出现。

它在房间里漫无目的地散步，笨拙地试图爬上墙壁。它停下来，抬起头，摆动触须。它摇头晃脑，似乎是在嗅着一位看不见的同伴。

我在孤独中颤抖，被那个小怪物搞得惊慌失措。于是，我想起有一次我梦到了贝阿特丽丝，以及她那次糟糕的陪伴。

铁路扳道工

外乡人气喘吁吁地到达了荒凉的车站。他被自己那没人愿意搬的巨大手提箱搞得筋疲力尽。他用一块手帕把脸擦干，手搭在帽檐上，看着向远处延伸直至消失在地平线上的钢轨。他有些沮丧，若有所思地看了看表：此时恰好是火车应当启程的时间。

这时，不知从哪冒出一个人来，轻轻拍了拍他。外乡人转过头，一个闲散的铁路工模样的小老头出现在他面前。来人的手里拎着一盏红色提灯，体积很小，感觉就像是个玩具。他面带笑容，看着旅行者。旅行者忧虑地问道：

“打扰您一下，火车已经开走了吗？”

“您是刚来这个国家吗？”

“我必须马上启程。我明天就得到达 T 市。”

“看来您完全在状况外啊。您现在该做的是在小旅馆找个落脚处。”说着，他指了指一幢灰色的奇特建筑，那里看上去更像是一座监牢。

“可我并不想住宿，我想乘火车离开。”

“您赶紧租个房间吧——要是还有的话。如果您能找到房间，就租上一个月时间，这样价格会更便宜，他们也会更关照您。”

“您疯了吗？我明天就得到达T市。”

“坦率地说，这您只能听天由命。不过，我可以给您提供一些信息。”

“那就拜托了……”

“如您所知，这个国家以其铁路而闻名。到目前为止，有关部门还没能按要求建立并管理所有铁路，不过，在出版旅行线路图、发放车票等工作中他们倒是干了不少大事。铁路指南中包含全国所有城市和村镇，上面的线路将这些地方都连在了一起；售卖的车票上的目的地甚至还包括那些最小最偏僻的村庄。现在只差让列车按照指南上的路线运行并且实实在在地经过那些车站了。全国居民都这样期待着；但与此同时，他们也接受服务的欠缺，因为他们的爱国情怀不允许他们表露出任何不愉快的情绪。”

“可是，有火车经过这座城市吗？”

“我不能妄下断言。您也看到了，尽管有些损坏，但钢轨确实存在。在一些市镇，钢轨就只是用粉笔在地上标示出的两条线。考虑到实际情况，没有火车必须要从这里经过，但它们也不是一定不会来这儿。我一生中见过许多趟火车路过，也认识一些登上那些火车的旅客。如果您适当地等一等，我说不定还能有幸帮您登上一节漂亮而舒适的车厢呢。”

“那趟车能把我带到T市吗？”

“为什么您一定坚持要去T市呢？能登上火车就该满足

了呀。上了火车，您的生命就一定会有个方向。即便那不是去往 T 市的方向又怎样呢？”

“我有一张合法的前往 T 市的车票。我理所当然该被送到那里，不是吗？”

“您说的都有道理。在旅馆中您可以和那些采取了预防措施的人谈谈，他们买了数量庞大的车票。通常，那些有远见的人会买好通往全国各地的车票。有的人在购买火车票上花了好大一笔钱呢……”

“我觉得要想去 T 市有一张火车票就够了吧。您看……”

“国家建设下一段铁路所需的费用将仅仅来自一个人的出资。他将自己巨额的资产全都用来购买往返车票了，而这些车票所涉及的线路的设计图包含长长的隧道和大桥，这些设计图目前还没有被公司的工程师审核通过。”

“可是经过 T 市的火车已经开始运行了吗？”

“运行的不止那趟火车。事实上，这个国家有相当多的火车，旅客们可以相对频繁地乘它们出行。不过大家都知道，火车服务并不正规，也不绝对可靠。换句话说，上火车后，没人指望能被带到自己想去的地方。”

“怎么会那样？”

“铁路公司渴望能服务大众，因此不得不怀抱侥幸采取一些不得已的措施。他们让火车在无法通行的地方运行。那些远征的列车有时需要几年时间才能走完全程，在这期间旅客们的生活会发生一些重要变化。死亡的情况也是屡见不鲜。不过，铁路公司早有先见之明，他们给那些火车增加了两节车厢，一节作为灵堂，一节作为墓地。把旅客尸体——这些尸体都奢侈地涂着防腐香油——放在他们车票所示车站的站台上是所有司机的骄傲。

“有时候，这些勉强运行的火车会驶过一些缺少一侧钢轨的路段。列车一侧的车轮不停撞击着枕木，这一侧的车厢就会晃动得相当厉害。一等座的乘客——这是铁路公司的另一个先见之明——都坐在有钢轨的一侧。二等座的乘客则不得不逆来顺受，忍受撞击。可是，还有一些路段的铁路两侧都没有钢轨；这时候所有乘客都要承受同样的痛苦，直到火车完全损毁。”

“我的天呐！”

“您看：F 镇就是因为这样一起事故才出现的。当时那辆火车行驶在无法通行的地方；在沙土的作用下，车轮磨损得只剩下轴心。旅客们共度了许多时光，那些被迫进行的平淡对话培养出了亲密的友情。一些人的友情很快转变成了爱情，最终造就了 F 镇。F 镇是一个进步的镇子，里面全是顽皮的孩子，他们的玩具就是火车生锈的残骸。”

“天啊！我可不想经历那样的冒险！”

“您需要稍微缓和一下情绪；说不定您还能成为英雄呢。您得知道，旅客们可不缺少机会展现他们的勇气和牺牲精神。最近，两百位无名的乘客就在铁路编年史上写下了最为光辉的一页。事情是这样的，在一次试运行中，火车司机及时发现了线路建设者的严重疏忽——线路中缺少一座能够跨越深渊的大桥。在如此状况下，火车司机并没有退缩，而是开始动员乘客，并从乘客中获得了前进的勇气。在司机坚定的领导下，人们把火车大卸八块，扛在肩上运到了深渊的另一边。出乎大家意料的是，深渊底部是一条水量充沛的大河。这一丰功伟绩非常令人满意，于是铁路公司彻底放弃了建造大桥的计划，而是同意在车票价格上给那些愿意面对这一额外麻烦的乘客提供一些诱人的优惠。”

“可我明天必须到达 T 市！”

“很好！我很欣慰您依然没有放弃自己的计划。看得出来，您是个信念坚定的人。您最好尽快在旅馆住下，然后乘经过这里的第一辆火车离开。至少您应该这么试一试；数以千计的人会成为您的拦路虎。当列车到达的时候，由于过长时间的等待而出离愤怒的旅客会群情激昂地涌出旅馆，在纷乱喧闹中占领车站。人们那奇异的无礼和冒失常常会导致意外事故的发生。他们不会有秩序地上车，而是努力把别人压倒；这样一来，他们谁都登不上火车。于是，火车把暴动的人群留在站台上，兀自驶离车站。筋疲力尽又满腔愤怒的旅客们咒骂着彼此的缺乏教养，花很多时间来对骂、打架。”

“那么警察不会介入吗？”

“管理人员曾试图在每个车站组建一支警队，可由于火车到达的时间无法预估，这项服务也就没什么价值了，况且它还需要巨大的投入。此外，警队里的人员很快便展现出了他们腐败的一面，他们会帮有钱的旅客守好特别出口，代价就是那些旅客要将身上所有的财物都交给他们。于是，管理人员决定建立一些特殊的学校，在那里，未来的旅客们可以学习礼仪并接受适当的训练。老师会教给他们登上火车的正确方式，即便火车还在高速行驶当中。此外，为了防止他们被其他旅客弄断肋骨，学校还会为他们提供一种盔甲。”

“可是，一旦登上火车，旅客会不会又陷入到了新的危险之中？”

“一定程度上来说是这样的。我给您的唯一建议就是注意那些车站。有时候您可能会以为您已经到达了T市，可其实那只不过是您的幻觉。为了管理好异常拥挤的车厢，铁路公司不得不采取一些手段。有一些车站相当名不副实：它们明明被建在丛林中，却挂着某座重要城市的名字。但人们只要稍加注意就能识破这样的把戏。这些车站就像是剧院里的舞台布景，身处其中的人身上沾满了锯末。恶劣气候的危害很容易便在这些傀儡身上显露出来，不过这往往也是现实的完美写照：他们的脸上总是挂着无尽的疲倦。”

“幸运的是，T市离这里不是很远。”

“可现在我们缺少直达列车。不过，您也有可能会在明天到达，就像您所希望的那样。铁路体系虽有缺陷，但也不排除有直达列车的可能。您看，有些人根本不清楚到底发生了什么。他们买了去往T市的车票，火车来了就上车，第二天听到司机通知：‘到达T市了。’这些乘客毫无戒备地下车，确确实实来到了T市。”

“要想达到这样的结果，我有什么能做的吗？”

“您当然可以做些什么了，不过我并不确定那会不会起作用。不管怎么说，您试试看吧。您登上火车时一定得抱着要到达 T 市的坚定信念。不要理会任何乘客。他们可能会给你讲自己的旅行故事，让你失望；有时甚至会向政府告发你。”

“您这话是什么意思？”

“鉴于目前的状况，火车上现在满是间谍。这些间谍多是自愿加入的，他们一生致力于发展铁路公司的建设性精神。有时人们根本不知道自己在说些什么，只是为了说话而说话。可间谍们立刻就能听出这些话中可能包含的所有含义，即便是再简单的话语也是如此。他们能从最单纯善意的评论中诠释出有罪的观点。您要是有丝毫轻率，马上就会被逮捕；您将在一节监狱车厢中度过余生，或是被强制在一个迷失于丛林中的虚假车站下车。您要满心虔诚，尽可能少吃东西；如果没在 T 市看到认识的人就绝不要走上站台。”

“可我在 T 市没有一个认识的人。”

“这样的话您就更要加倍小心了。我向您保证，这一路上您肯定会遇到许多诱惑。如果您望向车窗外，就有可能落入幻景的陷阱。车窗上安有一种能让乘客产生各种幻觉的精妙装置，就连意志坚定的人也会坠入陷阱。一些由火车头控制的设备会通过制造声音和摇动让人们以为火车正在运行当中。然而，当乘客们透过车玻璃看着一闪而过的迷人风景时，火车其实一连几个星期都没有挪过地方。”

“他们这么做又有什么目的呢？”

“铁路公司这么做完全是出于好意，他们想减轻旅客的焦虑，并尽可能消除那种移动的感觉。他们希望有一天人们能完全顺其自然，任凭无所不能的公司摆布，到那时，到哪里去以及从哪里来这样的问题对乘客们来说就不再重要了。”

“那您呢，您乘火车旅行过很多次吗？”

“至于我，先生，我不过是个扳道工。说实话，我其实已经退休了，只是偶尔来这里追忆那些美好的时光。我从没旅行过，也根本不想旅行。但到这儿来的旅客们会给我讲他们的故事。F镇的由来我刚刚已经跟您说过了，除了F镇，火车还创造了许多其他村镇。有时候，火车上的乘务员会收到密令。他们通常以欣赏某一地的美景为借口让乘客下车，并告诉乘客外面有岩洞、瀑布或是著名遗迹。司机会用亲切的态度说：‘大家有十五分钟时间欣赏某某岩洞。’一旦乘客们距列车有一段距离，火车就会全速逃离。”

“那乘客们呢？”

“在一段时间内他们迷茫地四处游荡，但最终会聚集起来，建立群落。这些不合宜的停靠站变成了宜居的地点，远离人类文明，拥有丰富的自然资源。出类拔萃的年轻人在那里离群索居，和一大群女人生活在一起。难道您不想去一个未知的风景如画的地方，在一位姑娘的陪伴下度过余生吗？”

笑盈盈的老者挤挤眼，望着眼前的旅人，眼神中既有善意又透露着狡黠。就在这时，远处传来了鸣笛声。扳道工蹦了一下，用提灯打起了滑稽可笑又毫无章法的手势。

“是火车来了吗？”外乡人问道。

老者慌慌张张地沿轨道跑了起来。跑开一段距离后，他扭头喊道：

“您很幸运！明天您就能到达那个让您心心念念的车站了。您要去哪儿来着？”

“X！”旅人答道。

这时候，老者的身影已融入明媚的清晨。只有提灯红色的灯光还在钢轨间跳来跳去，莽撞地向列车跑去。

远处，火车头轰隆隆驶近站台。

学　　徒

黑色缎面，白鼬皮镶边，银质和乌木大纽扣，安德烈斯·萨拉依诺的帽子是我所见过的最好看的帽子。那帽子是老师从一个威尼斯商人那儿买来的，足以配得上一位王子。为了不给我造成伤害，他在路过旧货市场的时候稍作停留，给我选了这顶灰毛毡圆帽。随后，为庆祝我们都有了新的穿戴，他让我们互为模特画画。

我满心愤懑，画了一幅萨拉依诺的头像，这要算我画得最好的一幅了。安德烈斯头上戴着他那顶好看的帽子，神态高傲得如同走在佛罗伦萨的街道上，在十八岁的年纪就自认为是绘画大师。另一边，萨拉依诺画中的我戴着滑稽可笑的圆帽，仿佛一个刚从桑塞波尔克罗[1]进城的农民。老师开心地称赞了我们的作品，自己也来了创作的灵感。他说："萨拉依诺懂得戏谑，没有落入陷阱。"随后，他扭头看向我："你还是相信美。你会为此而付出惨痛代价的。你的画中不缺少线条，问题就是线条太多了。你们给我一张画纸，我教你们如何把美摧毁。"

他用炭笔画下了一个美丽的轮廓：那是一个天使的面

庞，抑或是一个美丽女人的面庞。他对我们说："你们看，美就是这样产生的。这两块阴影是她的眼睛；这些难以捕捉的线条是她的嘴。整张脸的轮廓看得不很分明。这就是美。"

随后，他挤了挤眼睛："现在我们来毁了她。"说时迟那时快，他让一些线条落在另一些线条上，制造出明暗区域，在我惊异的眼神中仅凭记忆作出了焦亚的画像——同样的深色眼眸，同样的鹅蛋脸，同样难以捉摸的微笑。

就在我陶醉入迷之际，老师停下手里的工作，诡异地笑了起来。"咱们已经把美毁了，"他说，"现在只剩下这么一幅糟糕透顶的漫画。"我有些不明所以，依旧欣赏着画中那张灿烂坦诚的脸。突然，老师把画撕成两半，将画纸扔进了壁炉的火焰中。我惊愕地呆立在那里。之后，他做了一件让我永远不会忘记也无法原谅的事。在安静平常的气氛下，他突然令人憎恶地笑了起来，模样十分疯狂。"去呀！快去！把你的那位女士从火里救出来！"说着，他抓起我的右手，在画纸一触即碎的灰烬中翻找起来。我最后看了一眼火焰中焦亚挂着微笑的脸。

看着被烧得通红的手，我无声地哭了起来。萨拉依诺却为老师过分的玩笑而肆意大笑。

不过我依然相信美。我可能不会成为一个伟大的画家，我白白地把父亲的手艺遗忘在了桑塞波尔克罗。我可能不会成为一个伟大的画家，焦亚也许会嫁给一位商人的儿子。可

---

1 桑塞波尔克罗，意大利阿雷佐省的一个市镇。

我还是相信美。

我心神不定地离开画室，漫无目的地在街上游荡。美就在我身边。佛罗伦萨下起了金色和蓝色的雨，我在焦亚深色的眼眸中看到了美，也在戴着镶有玻璃串珠的帽子的萨拉依诺骄傲的神态中看到了美。我在河边驻足，看着自己那两只笨拙的手。

光线越来越弱，钟楼在天空中留下它阴沉的剪影。佛罗伦萨的景致慢慢黯淡下来，如同一幅堆积了太多线条的画作。伴随着一声钟鸣，夜幕渐渐降临。

惊魂未定的我摸摸身子，跑了起来，生怕会溶化在黄昏中。在最后几朵云中，我似乎辨认出了老师那冰冷而失望的笑容，这让我十分心寒。我再次放慢脚步，垂着头，走在越来越暗的大街上，我想我一定会迷失在人们的遗忘中。

夏　娃

他追着她穿过图书馆，在桌子、椅子和书架间穿梭。她一面逃跑一面诉说女人被无止境侵犯的权利。他们之间隔了荒唐的五千年。五千年间，她遭受了无情的欺侮和嘲讽，被当作奴隶使唤。他试图辩白，匆忙而断续地夸赞着她，前言不搭后语，身子不停颤抖。

他徒劳地寻找着能够支持他的观点的文章。主要收藏着西班牙十六和十七世纪文学作品的图书馆就像是一个与他作对的巨大宝藏，藏书中提及的是男人的名誉观和他们的一些暴行。

年轻人乐此不疲地引用着 J. J. 巴霍芬[1]的观点。所有女人都该读读这位智者的作品，因为他还原了她们在史前时期扮演的伟大角色。倘若巴霍芬的书就在手边，小伙子一定会将展示那段黑暗文明的画卷呈现在女孩面前。那时女人占主导地位，土地上到处弥漫着一股来自地底的隐秘的潮湿气息；男人则试图待在桩屋中，从而屹立于地面之上。

然而，这些内容让女孩变得十分冷漠。很不幸，那段母系氏族时期缺乏史料支撑，几乎无从考证，女孩的不满似乎有增无减。她在书架搁板间逃来逃去，有时还会爬上小梯子；辱骂像大雨一样砸向男孩，使他有些茫然失措。幸运的是，就在年轻人即将败下阵来时，一样东西拯救了他。他突然想起了海因茨·沃尔普。谈到这位作家的观点时，他的声音和语调重新变得有力起来。

“最早的时候只有一种性别——很显然是女性。她们单凭自己就可以繁衍生息。一次偶然状况下，一个平庸的物种出现，在光辉的母性的反衬下，他们的生活动荡且贫瘠。不过，他们慢慢将一些重要器官据为己有，最终使自己变得不可或缺。女人意识到她们缺少了一半器官，可一切为时已晚。她们需要去男人那里找到这些器官，因为正是男人使得它们逐渐与女人分离，女人只有和男人在一起才能让它们回到原本该在的地方。”

沃尔普的论文吸引了女孩。她温柔地望着年轻人。“自打有史以来，男人就一直是母亲那不听话的儿子。”她的眼中几乎要溢出泪水。

她原谅了他，也原谅了所有男人。女孩的眼神失去了光芒，她像圣母一样垂下目光。她方才由于轻蔑而显得冷酷的双唇变得像果实一样柔软甜美。男孩觉得她的手上和唇上生出了神话般的温存。他颤抖着靠近夏娃，夏娃没有

1 J. J. 巴霍芬（1815—1887），原名 Johann Jakob Bachofen，瑞士人类学家、社会学家。他对母系氏族社会颇有研究。

躲开。

就这样，在图书馆格言警句式文学书籍的见证下，在复杂和消极的情境中，古老的故事开始了——与桩屋中的生活十分相似。

乡 下 人

唐·富尔亨西奥想把头转向右侧，最后再小睡一会儿，做个短暂而轻浅的白日梦。可他却为此费了九牛二虎之力，还把枕头挑了起来。他睁开眼睛。方才的些许怀疑变成了尖锐的事实。

唐·富尔亨西奥脖子猛一使劲，抬起了头，枕头随即腾空飞起。站在镜子前，他无法掩饰内心的惊讶——他成了有着起伏的颈背漂亮的肋骨的大家伙。他的角深深嵌在前额上，底部发白，中部呈碧色，顶部是扎眼的黑色。

唐·富尔亨西奥首先想到的是试试自己的帽子。令他不快的是，他不得不把帽子往后戴：显得他好似在炫耀些什么。

对于像他这样中规中矩的男人来说，头上长了角并不足以打乱他的日常生活。唐·富尔亨西奥开始从头到脚精心打扮自己，不漏过任何一个细节。把鞋擦亮后，唐·富尔亨西奥轻轻刷了刷头上的角，其实它们本来就已经闪闪发光了。

妻子十分知趣地给他端上早餐。妇人没有表现出任何惊讶的情绪，也没有作任何可能会伤害到高贵而好斗的丈夫的影射。她只是温柔而胆怯地瞟了丈夫一眼，似乎并不敢将目光落在丈夫那又长又尖的角上。

女人在门口吻了丈夫一下，就像是用标枪在他身上投下了标记。唐·富尔亨西奥抱怨着出了门，准备向全新的生活发起进攻。人们像往常一样和他打招呼。然而，当一个小年轻给他让路时，唐·富尔亨西奥感到了一种斗牛士气息十足的轻蔑态度。一位做完弥撒回来的老妇人向他投去无比惊讶的目光，她的眼神居心叵测且肆无忌惮，仿佛是一根长矛。受到冒犯的男人打算和她正面交锋，可猫头鹰一般的老妇人进了家门，就像是躲入避身处的斗牛士。唐·富尔亨西奥撞在迅速关闭的门上，眼冒金星。他的角远不止是两个突起，而是他骨架的最后一个分支。他明显感受到了撞击，直到脚尖都充满了羞辱感。

还好，唐·富尔亨西奥的事业既没有染上污点，也没有被荒废。客户们全都兴奋地跑来找他，因为他好斗的特性在攻击和防守中都表露得越来越明显。诉讼人从遥远的地方赶来，只为寻求一位长着角的律师的支持。

然而，村镇里原本平静的生活随之笼上了一种令人难以忍受的狂野气氛，所闻所见净是争吵和给牲畜打烙印的行为。唐·富尔亨西奥不断为鸡毛蒜皮的小事胡乱攻击着所有人。事实上，从没有人因为他的角而让他下不来台，甚至从没有人留意过它们。不过，只要他稍不留神，大家就会抓住机会对他大肆嘲讽一番；就连那些最腼腆的人也会做一些戏谑而华丽的闪身动作来戏弄他。一些来自中世纪家族的绅士自命不凡，居高临下，他们绝不会错过好好刺一下唐·富尔亨西奥的机会。周日响起的小夜曲和全国性的节日为人们提供了合适的时机——他们把唐·富尔亨西奥当作牛，在喧闹中即兴展开了广受欢迎的斗牛活动。唐·富尔亨西奥被愤怒蒙蔽了双眼，他不断推搡着那些最勇敢的斗牛士。

唐·富尔亨西奥被各式贝罗尼卡耍法[1]、灯笼耍法[2]和旋转披风耍法[3]搞得头昏脑涨，不断的粗暴行径、挑逗[4]和挑衅[5]把他压得喘不过气来，终于，他露出真面目，显现出恶习，开始了危险的顶撞——他变成了一头野兽。自那以后，人们就不再邀请他参加任何聚会或是公众庆祝活动了；他的妻子觉得十分苦闷，抱怨丈夫的坏脾气使她不得不在与世隔绝的环境中生活。

唐·富尔亨西奥常常被刺牛杆和短扎枪等物刺伤，因此他平时总会流血，在星期天更是血流如注。可他所有的血都是向内流的，一直流到他由于满含怨恨而肿胀的心脏。

他那和缪拉公牛[6]一样粗大的脖子可以让人预料到那些

---

1 贝罗尼卡耍法：斗牛术语，斗牛士用双手将红色披风展开于公牛面前，等待其发起攻击。

2 灯笼耍法：斗牛术语，斗牛士收回甩向公牛的红色披风，使其在自己头顶上方旋转一圈，最后将其披于肩上。

3 旋转披风耍法：斗牛术语，斗牛士使展开的披风旋转于头顶上方，以此引逗公牛。

4 原文为 muletazo，指的是斗牛士用逗牛红布一次次引逗公牛上前又放其通过。

5 原文为 pase de castigo，指的是斗牛士向公牛发起挑衅，使其奋力发起攻击，从而消耗它的体力。

6 缪拉公牛：西班牙一种著名的杂交公牛，其品种从 1842 年至今由缪拉家族进行了几代改良。其饲养地位于西班牙塞维利亚。

热血沸腾的人顷刻即至的下场。他身体矮胖，浑身充血，不断朝各个方向发起攻击，毫无耐性，根本无法安静下来。有一天，当唐·富尔亨西奥穿过武器广场，跑向他最喜欢的地方时，他突然停下脚步，惊慌地抬起了头，他听到了遥远的号角声。声音由远及近，像震耳欲聋的暴雨一样灌进他的耳朵。他的眼中笼罩着阴影，看到一个巨大的斗牛场在自己周围铺展开来；就如同一座里面满是身穿闪闪发光的斗牛服的家伙们的约沙法特山谷[1]。随后，如同一把直击心脏的利剑，血液涌入他的脊柱。唐·富尔亨西奥仰面朝天，就这么滚了起来。

尽管唐·富尔亨西奥是位著名律师，可他自己的遗嘱却只是份草拟稿。遗嘱中，他罕见地用恳求的语气表达了他希望把角除去的遗愿，不管是用锯子锯，还是用凿子和锤子。然而，他令人唏嘘的请求却被一个多管闲事的勤快木匠背弃了。木匠送了他一口特制的棺材，两侧有明显的突起。

在棺材运送过程中，整个村镇的人都陪伴着唐·富尔亨西奥；回想起他曾经的勇猛样子，他们感动万分。虽然祭品、殡仪和寡妇丧服营造出极度哀痛的气氛，但不知为什么，葬礼总有点欢快而活泼的化装舞会的感觉。

1　约沙法特山谷：《圣经·旧约·约珥书》中提到的地名，神于末世审判异民的地方。

罗得岛的西内西奥[1]

米恩神父的《希腊教父文集》[2]中那些乏味的内容埋葬了西内西奥脆弱的记忆，他曾宣称在人世间有一个偶然天使的国度。

俄利根[3]以其一贯的夸张态度表示天使在天国中有着极其重要的作用。而仁慈的亚历山大的革利免[4]则第一次承认有守护天使在背地里保护我们。小亚细亚最早的基督教徒们普遍对等级的多重性抱有一种混乱的情感。

在黑压压一片的天使论异教徒中，诺斯替教信徒瓦伦蒂诺[5]和他乐天派的徒弟巴西里德斯带着路西法的光芒崭露头角。他们助长了人们对天使的狂热崇拜。在公元二世纪，他们曾想让那些现实而笨重的生物升离地面，这些生物有着好听的学术性名字，比如迪纳摩和索菲亚。人类将自己的不幸归因于这些生物野蛮的后代。

罗得岛的西内西奥不像他的前辈们那样野心勃勃，他接受基督教神父们对天堂的构想，仅仅是去掉了里面的天使。他认为天使就生活在我们中间，我们应当把他们看作特权拥有者和人世间偶然事件的专职分配者，直接向他们做各种祷告。奉最高指令，天使们分散、促成并带来生活中数以千计的偶然。他们让这些偶然相互交织，他们的行动干脆利落，看上去随心所欲。在上帝的注视下，他们逐渐织出了带有复杂阿拉伯图案的布匹，比繁星闪烁的夜空还要美上许多。由各种偶然组成的图画在上帝眼前变成神秘的符号，讲述着世界上的各种际遇。

西内西奥的天使就像是无数飞快运动的梭子，自开天辟地之时起就不停地编织生命之网。他们在无尽且相通的大脑中一刻不停地从一边飞到另一边，将人们的意志、感觉、阅历和记忆带来又带走。大脑中的细胞随着转瞬即逝的人类生命产生又消亡。

罗得岛的西内西奥被盛极一时的摩尼教[6]所吸引，他并

---

1 西内西奥（370—413/414），西语名 Sinesio de Cirene，英文名 Synesius of Cyrene，新柏拉图学派哲学家，希腊化古埃及著名女性哲学家、数学家、天文学家、占星学家希帕提娅的学生。

2《希腊教父文集》：一部由法国米恩神父（Jacques Paul Migne）于 1857 年至 1866 年间汇编出版的希腊语教父文集，全书共 161 卷，是珍贵的早期基督教文献，在学术界颇有影响。

3 俄利根（185—254），古代东方教会最为著名的教父，亚历山大学派的主要代表。在早期东西方教会众教父中，他是最有影响的一位，他的思想为后世基督教神学奠定了深厚的基础。

4 亚历山大的革利免（150—215/217），基督教神学家，基督教早期教父，亚历山大学派的代表人物。

5 诺斯替教信徒瓦伦蒂诺，生卒年月不详，公元 2 世纪诺斯替教信徒，其学说是当时诺斯替教派最为重要且最具系统性的一个分支。诺斯替教是一种融合多种信仰，把神学和哲学结合在一起的秘传宗教，公元 1 至 3 世纪流行于地中海东部各地。

6 摩尼教：公元 3 世纪中叶由波斯智者摩尼（215—276）创立的宗教，摩尼声称自己是神派至人间的最后一位先知。

不反对路西法的信徒出现在自己的学说中，并且认为魔鬼是破坏者。魔鬼们弄乱天使们织布上的经线，打断我们美好的思绪，改变纯净的色彩，用粗麻布来顶替被他们偷走的丝绸和金银。人类将糟糕的挂毯呈现在上帝面前，它已然相当悲哀地脱离了最原始的设计方案。

西内西奥终生都在招募与善天使站在一边的工人，可他一直没有找到值得敬重的继承者。我们只知道，当已年迈老朽的来自密拉[1]的摩尼教教长福斯图斯结束了那场值得纪念的会面——会面中，圣奥古斯丁[2]果断地指责了他[3]——从非洲返回时，他在罗得岛做了停留，听了西内西奥讲道。西内西奥试图说服教长与他一同做一项没有前途的事业。福斯图斯出于长者的礼节聆听了这位天使信徒的请求，他同意租用一艘小而破的船只，接着，传教士和所有徒弟冒着危险登上了这艘驶向陆上事业的船。自从在暴风雨将至的那天离开罗得岛的海岸后，他们就再无音讯了。

西内西奥的异端学说并不怎么出名，它消失在基督教的世界中，并没留下显著影响。该学说甚至没能有幸在宗教会议上正式受审，只有君士坦丁堡的修士欧迪奇[4]向宗教会议

1 密拉：阿尔及利亚地名。

2 圣奥古斯丁（354—430），古罗马著名神学家、哲学家。他一度信奉摩尼教，29 岁时放弃摩尼教，皈依基督教。代表作有《忏悔录》等。

3 公元 383 年，摩尼教中一位名叫福斯图斯的教长到迦太基视察工作，当时信奉摩尼教的奥古斯丁带着问题前去求教。结果福斯图斯在教理问题上的回答令奥古斯丁极为失望，促使奥古斯丁随后皈依基督教。

4 欧迪奇（378—450），君士坦丁堡修士，基督一性论的倡导者。

参会人员呈上了一篇题为《反对西内西奥》的长篇大论，而这篇文章也无人阅读。

他脆弱的记忆沉没在书页的海洋中：那是米恩神父的《希腊教父文集》。

不屈者的独白

向 M. A. 致敬

我占有了那个孤女，就在我们为她的亡父守夜的晚上，在忽明忽暗的烛光中。（啊！我要是能用别的语言把这个意思表达出来就好了！）

同这世上已知的一切一样，这件事传到了一个小老头的耳朵里，他透过奸诈的夹鼻眼镜观察着我们这个世纪——我指的是那个头上戴着文书助理的睡帽，引领墨西哥文学的老先生，他曾在大庭广众之下当着不作为的警察拿着他愤怒的手杖斥责我。疯狂尖锐的刻薄辱骂像雨点一样砸在我身上。而这一切都是因为那个行为不端的长者——快让魔鬼把他带走吧！——爱上了那甜美的女孩；从现在起，她一定该厌弃我了。

我真是太悲惨了！现在连洗衣妇都开始讨厌我，尽管我们之间有着纯洁无尽的爱恋。而那忠实可靠的美人——按照时兴的说法，她是我的杜尔西内娅[1]——她再也不愿听她的诗人那痛苦的内心倾诉了。我觉得现在连狗都瞧不上我。

还好，这些丢人的胡言乱语不会传到我亲爱的听众们那里。我为之歌唱的听众全是一些端庄的小姐和风尘仆仆的讲求实际的老人。他们远离尘世的喧嚣繁杂，不喜欢听那些令人难以忍受的事情。在他们眼中，我还是那个苍白的年轻人，在短促的三行诗中诅咒着神，用金色的发绺止住他们的眼泪。

我欠了未来的评论家好多债，只能用现有的东西来偿还。我继承了一口袋被用烂了的形象。我属于那种挥霍无度的继承人，浪费着前人留下的财富，却无法用自己的双手创造财富。我想到的所有内容都被装在一个比喻中进入我的脑海。我从来没能向人讲述我在孤身一人的夜晚所经历的可怕冒险。在那些夜晚，上帝的萌芽突然开始在我空虚的灵魂中生长。

有个魔鬼在惩罚我，他将我置于尴尬的处境中。我写出的所有内容几乎都是来自他的授意，而我那被遗忘的可怜的灵魂则被洪水般的诗节压得几近窒息。

我非常清楚，如果我过得更健康、更理性，我也许就能以良好的状态进入即将到来的那个世纪。新式诗歌会在那里等待熬过糟糕透顶的十九世纪的人。可同时我又觉得我注定要一直重复自己、效仿别人。

我想象着到那时我的状态，仿佛看到一位年轻的批评家带着他一贯的优雅对我说：“亲爱的先生，如果您不介意的

---

1 长篇小说《堂吉诃德》中主人公堂吉诃德的意中人。

话，请稍稍靠后，站在那儿，站在我们浪漫主义的代表中。”

而我的头发上将结满蛛网，以八十岁的年纪用越来越深奥无益的诗歌代表着过时的潮流。不，先生。您别和我说“请稍稍靠后”。我这就走了。我的意思是，我更喜欢待在现在的位置，待在浪漫主义者舒适的坟墓中，就保持我当下的状态，如新芽被折断，如种子被怀疑主义的冷风吹走。非常感谢您的好意。

那些穿着粉红色衣服的小姐们会站在一棵百年蒙特苏玛丝柏树下为我哭泣。永远会有一位虚弱而现实的老人为我的大话叫好，还会有一位愤世嫉俗的年轻人理解我的秘密，为我流下隐秘的泪水。

我在十八岁的时候爱上了荣耀，可对于二十四岁的我来说，它就像个祭奉死人的花圈，在墓穴里腐烂发臭。

说真的，我很想做一些非常坏的事，但我又完全不知该如何下手。

至少，我希望这杯酒所散发出的苦杏仁味儿不止存在于我的书房中，还能在整个墨西哥文学中稍稍扩散。至于这杯酒，为了诸位的健康，女士们先生们，我先干为敬。

奇异的毫克

……他们将搬动那些奇异的毫克。

——卡洛斯·佩利塞尔

一只蚂蚁由于扛的东西太轻以及时常漫不经心的态度而总被指责。一天早上，当再次从道路上偏离时，他发现了奇异的一毫克。

他没去考虑自己的发现可能带来的后果，便捡起那一毫克放在了后背上。蚂蚁很开心地发现这是最适合他扛的东西。物体理想的重量让他的身体获得了一种奇特的能量：那就像是鸟儿身上翅膀的重量。事实上，蚂蚁们过早死亡的一个原因就是他们的野心勃勃和不自量力。在往粮食仓库里放入一粒玉米后，那只走了一公里路完成运输的蚂蚁甚至连把自己的尸体拖入坟墓的力气都没有了。

有了新发现的蚂蚁并没意识到自己的幸运，不过他的脚步却透露出携宝贝逃跑者那特有的渴望和焦急。一种重获认可的模糊的良好感觉开始占据他的内心。他十分愉快，故意兜了个大圈，待天色渐晚时才回到同伴的队伍中。蚂蚁们走在返回的路上，身上背着当天的任务：一块块仔细截下的生菜碎片。他们在路上组成了一道带有丝丝绿色的窄而模糊的屋脊装饰。没有人会上当：在蚂蚁们整齐划一的队伍中，那一毫克显得相当扎眼。

回到蚁穴后，事情开始变得严重了。门口的守卫和遍布各条走廊的检查员对奇怪的货物提出了越来越严肃的质疑。“毫克”和“奇异”从一些明白状况的蚂蚁口中说出，这两个词分别出现在蚁穴四处，只有总检查长最终把它们合在了一起。他严肃地坐在一张巨大的桌子前，用讥讽的语气对有些迷茫的蚂蚁说：“或许您为我们带回了奇异的一毫克。我衷心祝福您，不过我的职责是把这件事向警察局报告。”

负责维护公共秩序的官员最不适合和“奇异”以及“毫克”有关的问题。面对这一超出刑法范畴的情况，他们相当依赖常规模式，开始走一般流程，没收了那一毫克，并把蚂蚁关了起来。由于被告前科太多，蚂蚁们认为这次的事件应该走司法程序。于是，案子转到了主管当局那里。

一贯冗长的司法程序挑战着蚂蚁的焦虑，他的举止变得异常，甚至与自己的律师产生了分歧。他受越来越深的执念支配，回答所有问题时态度都十分傲慢。他散布流言说自己在案件中遭受了极大不公，并宣称敌人们用不了多久就必定会承认他的发现的重要性。如此不合时宜的言行为他招致了所有现存的惩罚。在他最自大的时候，他还表示为身处这么一个愚蠢的蚁穴而感到悔恨。听了这种话，检察官用洪亮的声音要求判他死刑。

在这种情况下，一位著名的精神病医生开具的报告拯救了他，报告上明确指出了他精神失常的状况。每天晚上，被囚禁起来的蚂蚁不睡觉，而是把他的毫克翻来转去；他小心翼翼地将毫克磨光，花很长时间陶醉地观赏它。到了白天，他就把毫克背在身上，在狭小黑暗的牢房中把它搬来搬去。他患了严重的狂躁症，很快就要走到生命的尽头。他的病情很不乐观，值班护士曾三次提交给他更换牢房的申请。牢房越来越宽敞，但随着可利用空间的增大，蚂蚁的狂躁症也发作得越来越厉害。前来观看他神志不清地垂死挣扎的好奇蚂蚁越来越多，可他根本不把他们放在眼里。他不再吃饭，拒绝接受记者采访，保持着绝对的沉默。

上级部门终于决定把发疯的蚂蚁转移到疗养院里去，可官方的决定总是迟迟不能落实。

一天清晨，狱卒发现牢房里十分安静，充满了奇特的光亮。奇异的毫克在地上闪闪发光，就像一颗在自己的光芒中燃烧的钻石。那只英勇的蚂蚁躺在毫克旁边，四脚朝天，毫无生气，浑身透明。

关于蚂蚁死亡和毫克奇异特性的消息像泛滥的洪水一样在所有走廊中传播开来。成群结队的参观者在成为临时灵堂的牢房里走动。蚂蚁们绝望地倒在地上。他们被毫克晃得昏花的眼中涌出大量泪水，使得葬礼的筹办变得更为复杂，因为组织者必须解决排水问题。由于缺少足够的花圈，蚂蚁们掠夺了仓库，用食物堆成塔以覆盖死者的尸体。

蚁穴中的蚂蚁度过了难以形容的一段日子，他们的情感中混杂着钦佩、骄傲和痛苦。他们举办了豪华的追悼会，安排了各种舞会和宴会。很快，蚂蚁们开始为毫克建造圣殿，那只未能获得理解并被害死的蚂蚁也有幸得到了一座陵墓。事件主管人员被免职，同时因无能而受到指责。

过了一阵儿，长老会好不容易发挥作用，为蚂蚁们旷日持久的致敬和狂欢画上了句号。在不计其数的枪决过后，蚁穴的生活回到了正轨。最精明的长者们把毫克唤起的虔诚信仰变为了一种越来越严苛的官方宗教。守护者和司仪神甫被选了出来。圣殿周围耸立起一圈大型建筑，庞大的官僚阶层按照严格的等级制度入驻其中。蓬勃发展的蚁穴变得相当拥挤。

最糟糕的是，混乱在表面上虽已被平息，却又在地下以令人不安的方式肆意滋长。蚁穴中的生活看起来平静而紧凑，蚂蚁们都投入到工作和宗教信仰中——尽管还有大量官员终生都在从事越来越不重要的工作。我们无从得知那些要命的想法最早是在哪只蚂蚁脑中产生的。也许有很多蚂蚁都纷纷陷入欲望之中，想到了一块儿。

不管怎么样，是那些野心勃勃、失去理智的蚂蚁在傲慢不恭地思考着发现毫克的那只蚂蚁那十分卑微的处境。他们隐约感觉到也许自己在活着的时候就有可能享受到那些给予光荣死者的尊敬和礼遇。他们的态度变得可疑起来，每天四处游荡，忧郁悲伤，故意偏离行进路线，最后空着手回到蚁穴。回答检查员的问题时，他们毫不掩饰傲慢的态度；他们常常装病，并声称很快就会有引起轰动的发现。而当局也难保突然有一天那些疯子中的一个不会在瘦弱的肩膀上扛一个奇异的东西回来。

信誓旦旦的蚂蚁们秘密行动着，而且这么说吧，他们都是单独行动的。要是能做个全体的讯问，当局就会发现，有百分之五十的蚂蚁都并不关心匮乏的粮食和易坏的蔬菜，而是专注于那种不会腐烂的物质——毫克。

该来的还是来了。一天，就像提前商量好似的，六只看上去再平凡不过的普通蚂蚁各带着一个奇怪的东西回到了蚁穴，面对大家的期待，他们表示那就是奇异的毫克。当然，他们没有获得期望中的荣誉，不过他们当天就被免除了今后的所有工作。在一场几乎是私下举行的仪式中，他们被授予了享受终身年金的权利。

关于那六毫克，我们也不可能说出什么具体情况。之前轻率行动的教训使得当局不再打算诉诸司法途径。长老们也不再提供建议，而是把审判的自由完全留给了民众。那些所谓的毫克被放在空间狭小的玻璃柜中供大家瞻仰，所有蚂蚁可以根据自己真实的想法和理解给出意见。

当局的软弱和评论界那应当受到谴责的沉默加速了蚁穴的毁灭。自那时起，所有被工作搞得筋疲力尽或是受懒惰驱使的蚂蚁都用得到终身年金满足自己对于荣誉的野心，并从公民义务中解脱。蚁穴开始被假冒的毫克填满。

一些年长且明智的蚂蚁徒劳地提出了防备措施，比如使用天平将每一个新的毫克与最早的毫克仔细比对。可没人理会他们。他们的建议甚至没有在大会上被讨论过就走到了尽头——一只瘦弱苍白的蚂蚁公开地高声说出了自己的意见，否定了他们的提议。按照那只没礼貌的蚂蚁的说法，最早的那个著名毫克即便再奇异，也不该成为判断毫克质量的先决标准。在任何情况下是否奇异都不该作为强制条件用以评判那些最新找到的毫克。

蚂蚁们所保留的最后一点慎重瞬时烟消云散。从此以后当局就再也不能缩减或限制蚁穴每天可以接收的毫克的份额了。不承认任何否决权，有些蚂蚁甚至可以不必履行自己的任务。所有蚂蚁都想通过寻找毫克来摆脱劳动者的身份。

蚁穴中毫克的存量占据了所有物品存储量的三分之二——这还不包括私人收藏品（其中的一些收藏品以其价值而闻名遐迩）。至于那些普通毫克，它们的价格下跌得很厉害，在其数量最多的时候，只需用一件不值钱的破玩意儿就可以换得。不可否认，一些有价值的毫克也会时不时被运到蚁穴。然而，人们更容易找到的还是糟糕的小东西。众多毫克爱好者致力于抬高那些质量极差的毫克的价值，这助长了蚁穴中的混乱态势。

在找不到真正的毫克的绝望之中，许多蚂蚁运回了货真价实的污秽和垃圾。由于卫生原因，所有走廊都封闭了起来。一只蚂蚁的古怪行为在第二天就会被大量蚂蚁效仿。长老院的长者们做出极大努力，用尽所有的常识储备，才得以继续自称当局，并徒劳地摆出管理的架势。

官僚阶层和神职人员对自己富裕的生活依然不甚满意，他们弃寺庙和办公室于不顾，开始出去寻找毫克，意图为自已提高薪水、增加荣耀。警察事实上已经不存在了，暴乱和革命每天都会发生。职业劫匪团伙在蚁穴附近蹲点，专门抢劫那些幸运地带回珍贵毫克的蚂蚁。心怀不满的收藏家检举他们的对手，没完没了地打官司，通过搜查和掠夺来进行报复。走廊上的争论很快变成了争吵，争吵又演变为谋杀……蚁穴中的死亡率达到了相当骇人的数字，出生率则以惊人的方式降低，不计其数的幼蚁因为缺乏照拂而死亡。

保管有真正的毫克的圣殿变成了被遗忘的坟墓。蚂蚁们忙于讨论那些最令人惊讶的发现，甚至都没空去看看它。那些落后的信徒们偶尔会提醒当局注意圣殿颓败衰落的现状，可他们争取到的最多就是简单的清扫罢了。六个没礼貌的清洁工用笤帚拂尘扫土，老态龙钟的长者们则会发表长篇大论，并用几乎完全由废物残渣制成的可悲的祭品覆盖那只蚂蚁的坟墓。

在一片混乱的笼罩下，奇异的毫克在遗忘中闪耀。坊间甚至流传着一种令人震惊的说法——那奇异的毫克被某只渎神的蚂蚁偷走了。一件质量极差的赝品替代了真品，而真正的毫克已经成为靠做毫克生意致富的罪犯的收藏品。毫无根据的传言满天飞，可大家不为所动，并未感到不安；没有蚂蚁展开调查，给所有流言画上句号。长老院的长者们日趋体弱多病，面对即将到来的灾难，他们只是袖手旁观。

冬日将至，死亡的威胁终止了缺乏远见的蚂蚁们不理智的行为。面对食物危机，当局决定将大量毫克出售给邻近的蚁穴，那里的蚂蚁十分富有。蚂蚁们用一些货真价实的毫克换回了少量蔬菜和粮食。不过，邻邦提出为他们提供足够过冬的食物，条件是以最初的那个奇异的毫克作为交换。

濒临破产的蚂蚁们像抓救命稻草一样紧紧攥住他们的毫克。无休止的会议和讨论过后，饥饿使得幸存的蚂蚁数量越来越少，富有的蚂蚁趁机敞开大门欢迎毫克的主人们，答应负责他们终生的食物供应，并且让他们免于一切劳作。在从外邦来的最后一只蚂蚁死去后，毫克便会成为买者的财产。

还要再说说不久后这个新的蚁穴中发生的事吗？客人们在那里播下了他们具有感染性的盲目崇拜的种子。

现在蚂蚁们陷入了全球性危机。他们忘记了自己一直以来作为注重实际的行动派的习性，开始毫无节制地到处寻找毫克。他们在蚁穴外进食，只贮藏微小炫目的物件。这一物种或许用不了多久就会灭绝，留给我们的将只有几篇没用的寓言故事中对他们古老美德的回忆。

那波尼德斯[1]

据拉波索罗姆教授说，那波尼德斯原本只是想修复巴比伦的建筑瑰宝。看到圣殿中磨损不堪的石块、英雄们难以辨认的石碑以及在王室文件上留下模糊印迹的失效印章，他觉得十分难过。那波尼德斯有条不紊地着手开展修复工程，还算比较节俭。当然，他十分在意材料的质量，选用的都是颗粒细密的石块。

那波尼德斯打算重新复制巴比伦图书馆中的八十万块泥板书，如此一来，他就需要设立培养抄写员、雕工和陶工的学校和作坊。他顶着武将们的非议，将数量庞大的员工和官员从行政职务中调离。武将们表示，帝国是英勇的祖先历经千辛万苦才缔造的，面对邻邦出于眼红而发动的进攻，为护帝国免遭灭亡，他们需要的是士兵而不是抄写员。然而，那波尼德斯的眼光跨越了几个世纪，他明白历史才是最重要的。于是，他无畏地投身于自己的计划，不再脚踏实地。

最要命的是，在完成所有修复工作后，那波尼德斯已经无法摆脱他作为史学家的角色了。他彻底对周围发生的事置之不顾，只专注于把它们记录在石块或黏土上。他所用的黏土是用泥灰岩和沥青制造出来的，比石头还要坚不可摧。（确定黏土配方的人是拉波索罗姆教授。1913 年，他找到了一批谜团重重的呈圆筒或小柱子状的物件，上面涂有那种神秘黏土。拉波索罗姆猜测筒身上可能隐藏有文字，同时他明白，若是去除外层沥青，文字也将被毁。因此他想出了如下方法：把筒内部的石块凿空，随后用除垢剂溶解沉淀在文字凹槽中的残渣，得到空心的圆筒。通过连续的局部制模，拉波索罗姆教授终于获得了呈现有完好无损的原始文字的石膏柱。他不无道理地指出，那波尼德斯之所以会以令人如此不解的方式行事，是因为他预见了敌人的入侵，而入侵者通常带着破坏力超强的愤怒。万幸的是，他并没来得及把所有作品都做这样的掩盖。）[2]

由于人手不够，而历史又在滚滚向前，那波尼德斯还成为了语言学家和语法学家：他创造了一种速记法来简化书写。事实上，这种速记法使得文字中充满了各种缩写、省略和首字母缩略，反而变得更加复杂了。这也为拉波索罗姆教授带来了一系列新的麻烦。不过，在兴致勃勃的细致工作中，那波尼德斯记录下了到他那个时代为止的所有历史，他书写了自己的历史以及那些缩写的简要说明。他十分追求简

---

1 那波尼德斯，新巴比伦王国的最后一任君主，在位时间为公元前 556 年至公元前 539 年。公元前 539 年，波斯的居鲁士二世入侵巴比伦，巴比伦城陷落，王国灭亡。据说这位君主对古代文物研究有着浓厚的兴趣。

2 想要深入了解这一内容的朋友可以阅读阿道夫・冯・平奇斯的长篇专著《那波尼德斯圆筒》，耶拿，1912。（这条注释由作者本人所作，有研究者认为内容应属捏造。）

明扼要的文风；与其最为简洁的概述相比，笔者的这篇文章就像是《吉尔伽美什史诗》一样冗长。

此外，那波尼德斯还记录了——据拉波索罗姆说是他亲自记录的——一段他假想出来的军事功绩。在这段记录中，他把自己华丽的宝剑插进了第一个敌军战士的身体里。说到底，这样的故事不过是他制作泥板书、石碑和圆筒的另一个托词而已。

然而，来自远方的波斯的敌人将梦呓者引至毁灭。一天，与那波尼德斯结为同盟的克洛伊索斯[1]向巴比伦送来一封急信。这位史学家国王命人在圆筒上记录下了信息内容、使者名字、送信日期及盟约情况，却并未响应克洛伊索斯的召唤。然而，波斯人随后便突袭了巴比伦，击溃了勤勉的抄写员大军。心怀不满的巴比伦战士几乎未做抵抗，整个帝国就此覆灭，成为一片废墟，再没能重振城邦。

历史上流传着两种关于巴比伦的这位为历史充当忠仆的人因何而死的模糊说法。一种说法是在波斯人入侵的不幸日子里，他落到一名强盗手中牺牲了。另一种说法是他被俘虏并带到了一座遥远的小岛上。他在那里回顾了巴比伦的峥嵘历史，最终悲惨地死去了。第二种说法应该更为符合那波尼德斯温和的性格。

1 克洛伊索斯（前595—前547），吕底亚王国的最后一位君主，在位15年，最后被波斯帝国的居鲁士大帝打败。

灯　塔

赫那罗的所作所为非常可怕。他使用出人意料的武器，使我们的状况变得非常恶心。

昨天吃饭时，他给我们讲了一个关于丈夫被妻子戴了绿帽子的故事。其实故事原本很有趣，可我和艾美利亚根本笑不出来，更别提赫那罗用他洪亮而虚伪的笑声毁了整个故事。他说：“难道还有什么更可笑的事吗？”说着，他把手放在额头前，蜷起手指，像是在寻找着什么东西。他再次笑了起来：“被戴绿帽子是什么感觉呢？”他丝毫没有注意到我们的惊慌。

艾美利亚十分绝望。我很想对赫那罗破口大骂，我想大声告诉他所有真相，然后跑着离开，再也不回来。可一如往常，有什么东西阻止了我。或许是艾美利亚吧，面对让人难以忍受的情况，她垂头丧气。

赫那罗出人意料的行为已经持续了一段时间。他变得越来越傻。他接受令人难以置信的解释，并且为我们最不理智的会面提供地点和时间上的便利。他外出旅行的戏码上演了十次，但他总会在预定日期返回。在他不在的日子里，我们徒劳地回避对方。赫那罗回来的时候会给我们带小礼物，用接近猥亵的方式拥抱我们，一直亲吻到我们的脖子，并紧紧将我们贴在他胸前。在他这样的拥抱中，艾美利亚几乎要因恶心而昏厥了。

起初，我们在行动时相当忐忑，因为我们总觉得自己在冒很大风险。随时可能被赫那罗发现的想法让我们爱得胆战心惊，窘迫羞怯。从这个角度来看，事情还是很清楚明白的。我们的相处曾充满戏剧性，虽有罪恶却也保留有尊严。可赫那罗打破了这一切。现在我们深陷某种浑浊、浓稠、沉重的氛围。我们勉强地爱着，疲惫不堪，就如同一对夫妻。我们逐渐养成了忍受赫那罗的习惯，真是枯燥万分。他的存在让人难受，因为他并不阻止我们；或者说他其实是使我们日常的相处变得更为容易，让我们产生了厌倦。

有时，来给我们送储备物资的信使会告诉我们灯塔的拆除已是既定事实。我和艾美利亚在暗地里窃喜。可赫那罗显然非常难过。“咱们要去哪儿呢？”他和我们说，“咱们在这儿过得多幸福啊！”他叹了口气。随后，他搜寻到我的目光：“不论我们去哪，你都和我们一起。”说罢，他忧郁地望向大海。

悼　念

那本大十六开压花皮面精装的豪华书册，精细的荷兰纸散发出一股刚出厂的淡淡油墨味，如同一块沉重的墓碑般落在比森豪森男爵遗孀的胸前。

高贵的女士一边啜泣一边朗读用谦恭的安色尔体日耳曼语写就的两页献词。在友好的建议下，她略过了《两性关系比较史》——那是她亡夫的不朽荣耀——的五十个章节，将这本爆炸性巨著放进了一个意大利箱子里。

在同一主题的科学书籍中，比森豪森男爵的作品最为出众，甚至令人唏嘘。他的作品吸引了一众热情读者，被其影响的公众范围之广让那些最为严苛的学者都感到嫉妒。（缩编版的英文译本还曾是畅销书。）

对于历史唯物主义的领袖们来说，这本书就是对恩格斯的激烈批驳；对于神学家们来说，这本书表明了一名路德教信徒想要在厌倦的沙地上勾勒出精致的地狱的决心；精神分析学家们快乐地在两千页文字的海洋中探究所谓的潜意识。他们揭示了难以启齿的信息：比森豪森已经堕落，他用客观的语言陈述了一个被腐化至极的激情所折磨的灵魂的故事。

他在书里记叙了他所有的鬼混经历、春梦和不可告人的罪过，相当艰难却成功地对它们进行了升华，让它们发生在意想不到的原始部族。

人类学专家的小群体拒绝称比森豪森为同僚。可文学评论家们却给予了他最好的礼遇。他们一致认为比森豪森的作品属小说体裁，并且毫不吝啬地将他与马塞尔·普鲁斯特和詹姆斯·乔伊斯相提并论。据他们说，男爵致力于在妻子的房间中徒劳地寻找消逝的光阴。数百页停滞的纸张描述了一个纯净、脆弱而犹疑的灵魂是如何在充满男欢女爱的维纳斯山[1]和书生气十足的修道士居住的冰冷山洞间来回奔走的。

即便如此，当大家都平静下来后，比森豪森最忠实的朋友们还是在他的宅邸周围铺开了一张温柔的保护网，以阻止外界信息传入。在富丽而寂寥的房间内，男爵夫人虽正值中年，却丢掉了还没有褪色的结婚礼物。（她是一位已故著名昆虫学家和一位依然健在的女诗人的女儿。）

任何资质平庸的读者都可以从这本书的章节中得出不止一个令人恐慌的结论。比如，婚姻出现在遥远的过去，是被作为惩罚强加给违反族内通婚禁忌的两人的。囿于家庭的受罚者要承受严酷的绝对亲密关系，而其他人则置身事外，沉溺于享受最自由的爱恋，无需承担任何责任。

比森豪森有着敏锐的嗅觉，他认为婚姻是一种符合巴

---

1 维纳斯山是德国诗歌作品经常歌颂的一座虚构的山峰，相传位于德国哥达镇和艾森纳赫之间。爱情女神维纳斯便住在山上的洞穴中。进入维纳斯山往往代表着寻求无尽的沉沦。

比伦暴行特征的行为。在令人嫉妒的想象力的引领下，他向我们描述了幸福的前汉谟拉比[1]时期萨迈拉原始大会的情景。教众们生活得无忧无虑，大方地随机分配猎物和收成，带领着一群大家共同的孩子。不过，那些陷入不成熟或是不合法的占有欲的人将会受到惩罚，人们会让他们好好感受一下令人垂涎的佳肴带来的难以忍受的饱腹感。

从以上内容得出现代心理学结论就是男爵所做的工作，可以说这不费他吹灰之力。人类是一种对禁欲主义充满幻想的动物。婚姻起先是最完美的惩罚，后来却逐渐变成了一种神经机能病患者充满激情的活动，以及色情受虐狂不可思议的消遣。男爵并没有止步于此。他补充说我们的文明很好地系紧了夫妻关系的纽带。他为所有将婚姻变成修习的宗教叫好。经过不断地摩擦，两个灵魂要么日臻完美，最终完全被打磨光滑，要么只能粉身碎骨。

“从科学角度看，婚姻是一个史前磨坊，两块磨石没完没了地互相摩擦，直至生命尽头。”这引自作者的原话。他没有提及的是，与他如同多孔石灰一般温和的信徒的灵魂不同，男爵夫人拥有石英一般的秉性，她像女武神瓦尔基里娅[2]一样坚韧。(这时，寡妇孤身一人躺在床榻上，面对已

1 汉谟拉比（前 1810—前 1750），古巴比伦王国的第六任国王。在统一两河流域时期建立了中央集权政治，极力宣扬“君权神授”，颁布了《汉谟拉比法典》。

2 女武神瓦尔基里娅（西语名称：valquiria），北欧神话中的人物，效力于诸神之父奥丁。

经粉身碎骨的男爵那无法触碰的回忆，转动着放射状的冷漠棱角。）

如果仅仅讲述一位思想守旧的丈夫的个人疑虑和克制，比森豪森的这本书很容易遭到轻视。书中丈夫的疑虑令人感到压抑，他认为我们可以实现自我救赎，只要不去理会那些臣服于我们的他人的灵魂，这些灵魂承受着厌倦、伪善、卑微的仇恨以及危险的忧伤的伤害。最为关键的是，男爵的每一种漫无边际的说法都有一堆理论支持。在最不切实际的表述中，当我们看着他在幻想的深渊中急速坠落时，坠落者的手中却突然冒出令人无可辩驳的证据。倘若马林诺夫斯基[1]在马克萨斯群岛上的研究成果无法例证他书中提到的“陪睡待客”[2]现象，那么阿尔·特奥多尔森在拉普兰[3]寒冷小镇中的发现会为他提供支持。这一点毫无疑问。倘若男爵搞错了，我们必须承认科学会以奇妙的方式与他保持一致。他的作品中不仅有列维-布留尔[4]那充满创造性的充沛想象力、弗雷泽[5]的洞察力，以及威廉·艾勒斯的一丝不苟，偶尔幸

1 马林诺夫斯基（1884—1942），英国社会人类学家，功能学派创始人之一，生于波兰，卒于美国。

2 西语原文为 prostitución hospitalaria，是一种存在于某些原始部族中的古老习俗，当有客人留宿家中时，主人会让自己的妻子、女儿或者女仆陪睡。

3 北欧一地区名。

4 列维-布留尔（1857—1939），法国社会学家、哲学家、民族学家，法国社会学年鉴派的重要成员。

5 弗雷泽（1854—1941），全名詹姆斯·乔治·弗雷泽，英国著名人类学家、宗教历史学家和民俗学家。

运时还有弗朗茨·博厄斯[1]那极度的枯燥无味。

然而，男爵也会常常失去科学严谨性，取而代之的是几页如同浆糊一样的内容。书中有多个段落阅读起来相当困难，整部著作也因此获得了一种饱含情感的分量，尤其是写到维纳斯的虚假鸽子拍打着蝙蝠翅膀时，又或者是皮拉莫斯和提斯柏[2]的故事时，这两则故事好似分列两侧，合力啃噬着一堵厚厚的水果蜜饯墙。出于公平我们应该原谅这个男人的疏忽，毕竟他在磨坊里与一个磨人的女人过了三十年，而论性格的坚硬程度，两人可是相差甚远。

一些人的叫嚣令人感到惊愕且显得十分快活，他们认为男爵的这部作品是对世界史的一种全新梳理，且这种梳理披着色情的外衣。对此不予理会的我们同意一小拨精英人士的猜测：《两性关系比较史》是献给一位拥有特洛伊人的勇气的女性的恢弘家庭史诗。不计其数的混乱想法用谦恭的安色尔体日耳曼语收进长达两页的献词中，以此向这位完美的已婚女性致敬：她就是贡希尔德·德·比森豪森男爵夫人，婚前姓名为马格内堡-霍恩海姆女伯爵。

---

1 弗朗茨·博厄斯（1858—1942），德国裔美国人类学家，现代人类学的先驱之一，享有“美国人类学之父”的名号。

2 古罗马诗人奥维德所著《变形记》中的一对情侣。在一次幽会中，皮拉莫斯误以为自己的情人提斯柏命丧母狮之口，悲痛之下提剑自刎，喷溅的鲜血染红了身边的白色桑葚，众神听到其后赶来的提斯柏的哀歌倍受感动，决定让桑葚永远保持深红色。

巴尔塔萨尔·热拉尔

（1555—1582[1]）

刺杀奥伦治亲王。刺杀奥伦治亲王[2]并在事后获得西班牙国王费利佩二世为取其首级而悬赏的两万五千埃斯库多[3]。步行前去，独自一人，没有依靠，没有枪，没有刀，同时创造一种前无古人的刺客模式——向受害人索要钱财以购买犯罪武器。以上就是来自法国多勒的年轻木匠——巴尔塔萨尔·热拉尔——的丰功伟绩。

在尼德兰境内的追踪十分辛苦，巴尔塔萨尔饥肠辘辘，精疲力竭，还被西班牙和尼德兰军队耽搁了无数次，最后，他终于得以向目标靠近。他投入了三年时间，其间他经历过怀疑，走过弯路，遭受过挫败，还得忍受加斯帕尔·阿尼亚斯特罗的捷足先登给他带来的凌辱。

加斯帕尔·阿尼亚斯特罗是个做布匹生意的葡萄牙商人，他从不缺乏想象力，在面对两万五千埃斯库多的赏金诱惑时更是如此。这位谨慎的男人仔细择定了刺杀计划和日期。可在最后关头，他却决定在他的构想和凶器之间加入一个中间人：胡安·哈乌雷吉将替他实施刺杀。

胡安·哈乌雷吉是个二十岁的小年轻，原本十分腼腆害羞。但阿尼亚斯特罗帮他调节了情绪，通过特别的强制手段使他展露出一种英雄气概，这其中的奥妙我们不得而知：或许他让哈乌雷吉读了大量英雄主义读物；或许他给了年轻人护身符；又或许他步步为营地将哈乌雷吉引向了意识清醒的自杀式袭击。

我们唯一能够确定的是，在雇主指定的那一天（1582年3月18日），在安特卫普为安茹公爵举办的庆生活动中，哈乌雷吉拦住陪同人员并近距离朝威廉·奥伦治开了枪。然而，愚蠢至极的年轻人将手枪的子弹装过了量，凶器像颗手榴弹一样在他手中爆炸了。一块金属碎片穿透了亲王的脸颊。哈乌雷吉跌倒在陪同人员中间，被猛烈的剑击刺得千疮百孔。

加斯帕尔·阿尼亚斯特罗等了十七天，也没等到亲王去世的消息。技艺高超的外科医生夜以继日地用手指堵住破裂的动脉，最终止住了血。威廉被抢救了回来，而那位口袋里揣着抬头为哈乌雷吉的一封长信的葡萄牙商人，遭遇了毕生最为苦涩的失望。他咒骂自己竟轻率地相信了一个毫无经验的年轻人。

---

1 此处生卒年月疑有误，应为1557—1584。

2 奥伦治亲王（1533—1584），尼德兰独立战争时期的大贵族和政治家，他曾领导尼德兰人民反抗西班牙国王费利佩二世的暴政，后于1584年遇刺身亡。

3 西班牙旧时金银币。

很快，命运向巴尔塔萨尔·热拉尔露出了笑容，远方传来了那不幸的消息。奥伦治亲王的生命仿佛是专门为他保留的，亲王的大难不死让他获得了继续实施计划的新动力。他的计划在那时还相当模糊，充满了不确定性。

五月，他以军队使者的身份接近了亲王，但他身上连根针都没带。会面过程中，他几乎无法平息内心的绝望，徒劳地在脑海中排演着自己用瘦骨嶙峋的双手勒住那位尼德兰人的粗脖子的场景。然而，他获得了一项新的使命。威廉委派他回到前线，该前线位于法国边境的一座城市。但是巴尔塔萨尔不甘心再次被派往远方。

巴尔塔萨尔十分沮丧，心事重重，在代尔夫特宫周围游荡了两个月。他过得穷困潦倒，几乎要靠别人的施舍生活，同时试图博得王宫仆役和厨师们的好感。但他那悲惨的外乡人模样着实让所有人觉得可疑。

一天，亲王透过王宫的一扇窗户看到了他，便派用人去批评他的失职。巴尔塔萨尔回答说他没有出远门所需的衣物，鞋子也彻底坏了。威廉于心不忍，给了他十二枚冠币。

满面春风的巴尔塔萨尔立刻跑去寻找最好的手枪，借口说对于他这样的信使来说路途太过凶险。他小心翼翼地给枪上好膛，并回到了王宫。他说自己是来取护照的，随后便进入王宫，用空洞而不安的声音表明了自己的诉求。侍卫让他在院子里稍等一会儿。巴尔塔萨尔迅速检视了一遍建筑物，并在等待的时间里构思了逃跑计划。

没过一会儿，当威廉·奥伦治亲王站在楼梯最上端与一位跪着的人道别时，巴尔塔萨尔突然从藏身处跳出来，并精准地朝亲王开了枪。亲王嘟囔了几句话，在地毯上奄奄一息地扭动起来。

混乱之中，巴尔塔萨尔朝王宫的马棚和畜栏逃去，可孱弱疲惫的他怎么也跳不过菜园的围墙。他被两个厨师抓获了。巴尔塔萨尔被带到门房，依旧保持着庄重严肃的姿态。人们只在他身上发现了几张仁慈的神像和两个放了气的气袋，他原本打算使用它们游过逃跑路上的小河和水沟——显然他并不擅长游泳。

自然，没人希望审判延迟。众人热切地请求对弑君者执行死刑。可是，由于要举行亲王的葬礼，他们不得不等待三天。

巴尔塔萨尔·热拉尔在代尔夫特市民广场被处以绞刑。他在行刑台上冷眼望着激愤的人群。看到一个笨拙的木匠在空中挥舞着锤子，他笑了起来。一位妇女在这样的情景中动了恻隐之心，差点被群情激奋的人群动用私刑处死。

巴尔塔萨尔用清晰明净的声音做了祷告，他坚信自己是个英雄。随后，他自己走上了通往死亡的台阶。

费利佩二世按时向刺客的家人支付了两万五千埃斯库多的赏金。

马力宝贝[1]

家庭主妇女士：请您把孩子们的活力转化为动力吧。神奇的马力宝贝现已上市，该设备注定将彻底改变现有家庭经济模式。

马力宝贝是一种结实且轻便的金属设备；通过舒适的腰带、腕带、指环以及按扣，它可以与孩子柔弱的身体完美契合。该附加设备的各部分都可以收集孩子的所有动作，并将它们汇聚在一个小巧的莱顿瓶[2]中。瓶子可以根据需要放在背后或胸前，装满时指示针会有提示。这时候，女士，您要取下瓶子，并把它连接到一个特制的贮存器上，这样它就能自动放电。贮存器可以放置在家里的任何角落，成为一个能随时满足照明和采暖用电的完美的电力仓库。此外，它也能够让如今以及未来走进家庭的某件电器运行起来。

从今往后，您将对孩子们那令人难以忍受的吵闹另眼相看，面对他们抽抽搭搭的哭嚎也不会失去耐心，因为您知道，那都是巨大的能量源泉。有了马力宝贝，婴儿一天二十四小时的蹬腿会被利用起来，转换为支撑果汁机搅拌几秒钟或是音乐电台播放十五分钟所需的能量。

人口众多的家庭可以在家里的每个孩子身上都装一个马力宝贝以满足家中所有的用电需求，您甚至还可以做点小买卖，把多余的能量传送一点到邻居家去。在住户众多的公寓楼中，人们可以把所有贮存器连接起来，从而完美地弥补公共服务的不足。

马力宝贝不会给孩子带来任何身体或心理上的不适，因为它既不会束缚也不会打乱孩子们的活动。相反，一些医生还认为它会促进孩子身体协调性的发展。在心理层面，每当孩子们有异常出色的表现时，马力宝贝就会给他们一些小小的犒劳，并以此唤起他们的雄心壮志。为达到这一目标，我们建议您最好用糖果作为奖励，它们会带给您超额的回报。孩子们在饮食中摄入的卡路里越多，电表中消耗的电能就会越少。

孩子们应当全天佩带会赚钱的马力宝贝，去上学时也要带着，这一点非常重要。如此一来，宝贵的课间休息时间就不会被虚度了，孩子们可以在这段时间积聚能量，最后带着充满电的蓄电池回家。

有传言说一些孩子被他们自己发的电给电死了，这完全是无稽之谈。那些认为配备有马力宝贝的孩子会吸引闪电和火花的迷信恐慌也一样不可取。任何这种性质的事故都不可

---

1 原文为 Baby H. P.，即 Baby Horsepower。

2 莱顿瓶是一种玻璃瓶，瓶里瓶外分别贴有锡箔，瓶里的锡箔通过金属链跟金属棒连接，棒的上端是一个金属球。由于它是在莱顿城发明的，所以叫做莱顿瓶，这就是最初的电容器。

能发生；您要是严格按照每台设备附赠的说明书上的指示操作，那就更不会有问题了。

不同大小、型号和价格的马力宝贝在各大高档商店均有销售。它是时尚、耐用并且值得信任的设备，其所有连接处都是可扩展的。马力宝贝配有 J. P. 曼斯菲尔德 & 桑斯公司的质量保证单，该公司位于亚特兰大大街 111 号。

广　告

在很难有女人出现的地方，在女人的存在会耗费大量金钱或带来灾难的地方，我们极力推荐您使用塑料爱人©[1]。目前，陆军、海军以及司法机构和教育机构的一些负责人都会为新兵提供由这些迷人又健康的创造带来的服务。

现在我们将目光转向您——不管您在爱情中是幸福还是不幸。我们向您推荐您一生中梦寐以求的女人：她由合成材料制成，通过自动控制能随意模仿并展现女性由内而外散发出的魅力。她身材或高挑或圆润，金发、黑发、红发、银发：各种模样均有销售。我们有一支精于雕刻、设计、绘画和构图的专家团队为您服务，还有模制和铸造方面的精工巧匠任您挑选；控制学和电子学技术人员则可以为您解封一具古埃及第十八王朝的木乃伊或是将最熠熠发光的电影明星带到您面前——她的身上还留有晨浴的水珠和晶体香精。

我们可以为您寄出古往今来所有知名的美女，与此同时我们也能满足您的各种要求，制造出特别的产品。倘若雷卡米耶夫人[2]的魅力不足以让您忘记那位将您抛弃的女士，您可以把那位女士的照片、资料、身材尺寸、衣物以及您充满热情的描述发给我们。这之后，您通过一块控制板便可让她遵从您的命令行事，而控制板的使用就和电视机遥控器一样简单。

如果您愿意，并且也有充足的资源，她可以拥有由祖母绿、绿松石或纯正煤玉做成的眼睛，由珊瑚或红宝石做成的嘴唇，由珍珠做成的牙齿，等等等等。我们制造出的这些女士绝不会变形生皱，她们的脸蛋会保持光滑，身材将一直丰满，她们会用地球上所有现存的和已经消亡的语言说“是”，她们可以随着流行旋律的节拍歌唱、摇摆。我们会按照模本的样子为她们化妆，同时也可以根据您的个人喜好用适当化妆品对她们的妆容进行各种调整。

她们的口腔、鼻腔、内眼睑以及所有会分泌黏液的区域都是用极其柔软的海绵制成，海绵内充满营养和发热物质，这些物质从海藻和药用植物中提取而来，其浓度、刺激性欲指数和维生素指数均可调节。“你的舌下有蜜，有奶……”《雅歌》[3]中如是写道。您可以效仿所罗门享受乐事；将羊奶和蜂蜜混合，用由此得来的汁液填满您的塑料爱人©的颅腔，再用波尔图酒或本尼迪克特甜酒调味；在那漫长而富

---

1 原文为 Plastisex©，该产品据描述应为充气娃娃，其名称为作者捏造。

2 法国新古典主义学院派画家雅客 - 路易 · 大卫曾在 1805 年绘制过一幅名为《雷卡米耶夫人的肖像》的著名画布油画，现收藏于巴黎卡那维特美术馆。油画中的雷卡米耶夫人是一位银行家的妻子，乃十八世纪末十九世纪初法国上流社会最为著名和美艳的年轻女性之一。

3 又称《所罗门之歌》或《所罗门的歌中之歌》，是《圣经 · 旧约》中的一卷，共八章。相传为所罗门所作，内容主要为歌颂纯真的爱情。

含营养的一吻中，您的口中仿佛会淌入来自天堂的河流（目前，我们已获得准许将乳腺改为球形酒瓶）。

我们的女神保证可以为您提供十年的优质服务——一般妻子平均也就维持这么长时间——除非她们遭受了异常的虐待。就像所有有血有肉的女人一样，她们身体中各项成分的占比都有严格限定，其中水的含量达到了百分之九十。这些水在她们海绵状躯体的细小气泡间循环，通过一个电暖脉络保持温热。这样的设计可以营造出她们皮肤之下的肌肉在活动的完美错觉以及肉体在运动过程中保持流体静力学平衡的假象。如果恒温器显示温度升高，她们的皮肤表面会渗出少量含盐液体。水不仅可实现其身体可塑性的物理功能，同时自然也可实现其生理功能和卫生功能：当水从内向外猛烈涌出时，塑料爱人©即可完成快速全面的清洁。

镁质的骨架妥善确保了塑料爱人©能够做出各种动作、摆出各种姿势。骨架是我们根据人体骨骼构造精心设计出来的，它非常牢固，能够经得住最热情洋溢的拥抱。只需稍加训练，美女们便可跳舞、打斗、做体操或演杂技，还能表现出诸如接受或拒绝的强烈反应。（塑料爱人©非常恭顺，但同时她们的精力也相当充沛，她们全都配备有功率为0.5马力的电动发动机。）

说到头发和其他体毛，我们为塑料爱人©生产出了一种醋酸盐纤维。这种纤维具有女性毛发的特质，并在美观、质地和韧性上更胜一筹。您痴迷于嗅觉享受吗？在塑料爱人©身上您可以将各种味道进行配搭。从以檀香和麝香为基调的淡淡的腋下体香，到被太阳晒得黝黑的女人做完运动后散发出的强烈气味——纯羊蜡酸的味道，再到最纯粹的新潮香水的味道……您可以根据个人喜好选择，并肆意沉醉其中。

当然了，呼吸势必也会影响嗅觉和味觉体验。我们的美人的呼吸既可平稳也可起伏。调节装置通过控制呼吸交替的节奏，确保了她具有从叹息到呻吟的情绪上升曲线。而她的心脏则会自动调节跳动强度和速度……

在穿衣打扮上，塑料爱人 © 的衣着和配饰可以与最卓尔不凡的女人的装束相媲美。赤身裸体时，她们更是无人能及：她们拥有不同种族或混血人种的特色，有的年少，有的青涩，有的青春正好，有的则展现着秋日成熟的风韵。

针对好嫉妒的爱人，我们超越了过时的贞操带[1]理念：那是一个能容纳整个身体的匣子，它将每个女人都变成了一座坚不可摧的钢铁堡垒。说到贞洁，每个塑料爱人 © 都配备有一个只有您能冲破的装置——塑料处女膜，这是实实在在的可靠标记。塑料处女膜非常逼真；一旦遭到损坏，它会向内收缩，并繁殖出被称为“爱神木树叶状肉瘤”的珊瑚形赘生物。

遵照我们所设定的那条不可动摇的商业道德底线，我们要澄清一些患神经机能病的客户针对我们的美人所散布的遮遮掩掩的谣言。有人说我们创造出的女人实在太完美，一

---

1 贞操带是中世纪欧洲一种极其野蛮的摧残妇女的“发明”，其外观常常为上锁的铁制内裤，可用钥匙打开，目的是防止女性在婚前失了贞操。

些让单身汉爱得死去活来的美人甚至怀孕了，还有一些出现了间歇性紊乱症状。这说法简直荒谬至极。我们的研究部门全力以赴，预算也增加到原来的三倍，可即便如此，我们依然无法吹嘘说我们的产品能够让真正的女人从她们现在所遭受的严苛束缚中解脱出来。此外，一家不负责任的报纸还刊登了一篇报道，非常不幸，我们很难对其做出有力回击。该报道称，一个无相关经验的年轻人在一个塑料女人的臂膀中窒息而亡。我们并不否认出现类似意外的可能性，但我们保证，这种情况只在您由于疏忽大意而犯了不可原谅的错误时才会发生。

目前，我们这一产业的道德意义还没有充分体现出来。我们对卖淫活动给以重击，并因此受到了社会学家的称赞（在马赛就有一家我们已不能称之为不良场所的妓院，因为它是完全依靠塑料爱人©来维持运转的）；与此同时，也有一些声音指责我们助长了幼稚怪癖者的行为。说这话的老顽固是刻意回避了我们这项发明的特性。塑料爱人©的意义远不仅限于让人获得肉体上的快感，她的存在是为了让所有幸运的使用者在精神和审美上都享受到被爱的愉悦。

正如我们所料，各个教派对塑料爱人©的反应不尽相同。最保守的教会依然坚决支持禁欲传统，不过那些在无生命的物体上破戒的人至多被判为轻罪（！）。然而，一个教义与摩门教相悖的教派已经举办了数场将进步男士与用合成材料制成的迷人模特结为夫妻的婚礼。对于这些在大众看来不正当的结合，我们不予置评，可是，我们要非常高兴地告诉大家，时至今日，这些夫妻的生活总体来说都很幸福。只有在一些个案中，丈夫申请对妻子进行一些改造和细节上的完善，但并没有任何相当于离婚的状况出现。我们还有很多过去已经结婚的客户，他们要求我们原样复制他们的妻子（通常要有一些润色加工），这样一来，当他们的妻子遭受严重疾病、短期生病，或是不得不长时间不在他们身边（包括抛弃和死亡）时，他们便可在不背叛妻子的情况下享用塑料爱人©。

塑料爱人©是用来享乐的工具，您应当有节制地慎重使用，这与民间智慧针对我们的传统伴侣所给出的建议一致。在正常使用的情况下，塑料爱人©的服务可以保证让任何年龄和体质的男人过得健康、舒适。至于投资和维护费用，塑料爱人©能自给自足。一个塑料爱人©的耗电量和一台冰箱的耗电量相当，她可以插在您家中任何一个插座上。她的各种配件价值不菲，但很快您就会发现，塑料爱人©比一个普通妻子要经济实惠得多。

塑料爱人©宜动宜静，既能口若悬河又能沉声静气，您尽可以随心调节。此外，您还能将她存放在衣柜里。[1]

美丽的塑料爱人©远不会对我们的社会造成威胁，恰恰相反，在我们为恢复人的价值而进行的斗争中，她是我们强大的同盟。她并没有削弱女性的力量，而是让女性变得崇

1　自 1968 年起，我们的分公司 Plastishiro Sexobe 就一直在研发由电池和晶体管制成的经济型模特。——作者注

高而伟大。塑料爱人©使得女性不再是提供快乐和快感的工具，女人们因此得以扮演更为重要的角色。

塑料爱人©并不是消极、昂贵或不健康的商品，我们的这些姐妹将成为能够开发自身创造潜能的创造，并最终变得完美无瑕。

塑料爱人©的广泛使用和普及将有助于女性精神的萌芽，这是我们等待已久的时刻。当女人们从传统的性爱职责中解脱出来，她们将在转瞬即逝的美丽之上构筑起永恒纯粹的精神王国。

关于弹道学

弩炮投掷的石头不应当摧毁城墙。

——恺撒《内战记（第二卷）》

攻击塔楼的弩炮，投掷的不仅有箭，还有岩石。

——阿庇安《伊比利亚》

农田中隐约可见的模糊瘢疤是诺比利奥尔[1]的驻营地遗迹。再远处矗立着的是卡斯蒂耶霍、雷涅夫拉斯和佩尼亚雷东达等地的军事阵地。那座遥远的城市只剩一个笼罩在静谧中的小山丘保留至今……

“拜托了！您别忘了，我可是专程从明尼苏达州赶来的。别的您就别多说了，请给我讲讲弩炮发射什么、怎么发射，以及能射多远吧。”

“您这是在妄想不可能之事。”

“但您可是大家公认的古代兵器方面的世界权威啊。我在明尼苏达州的老师伯恩斯毫不犹豫就把您的名字和地址告诉了我，他觉得这么做一定没错。”

“我与您的老师通过信，对他十分敬重。请您向他转达我的谢意，并对他的乐观表示由衷遗憾。顺便问一句，他关于古罗马弹道学的研究怎么样了？”

“彻头彻尾的失败。伯恩斯老师在众人面前许诺要将明尼苏达体育场的围墙摧毁，但他并没有成功。这已经是他的投石器的第五次失败了，他现在相当沮丧。伯恩斯老师希望我能带回一些数据，把他引领到正确的道路上，可是您……”

“告诉他别灰心。不幸的奥托卡尔·冯·佐登把他一生中最美好的年华都用来研究靠压缩空气发挥效用的‘特西比乌斯弩炮’难题了。而盖特罗尼，他知道的东西比伯恩斯老师多得多，或许比我都多，他基于阿米阿努斯·马尔切利努斯[2]的描述制造出一台惊人的机器，可是在1915年他也试射失败了。大约四个世纪前，一位名叫列奥纳多·达·芬奇的佛罗伦萨机械师则以著名的马可·维特鲁威·波利昂[3]那些颠三倒四的说明为依据，将时间白白浪费在了制造巨型弩弓上。”

---

1 诺比利奥尔，全名昆图·弗尔维乌斯·诺比利奥尔，公元前153年任古罗马执政官。公元前153年正值古罗马人旨在侵略伊比利亚半岛的第二次凯尔特伊比利亚战争期间（前154—前151），诺比利奥尔带领三万人在伊比利亚半岛与当地的斯哥达人和努曼西亚人交战，首战失利，折损6 000人。据说古罗马人发动这场战争所用的借口是公元前154年斯哥达人扩建斯哥达城墙之举。

2 阿米阿努斯·马尔切利努斯（约330—约395），古罗马晚期著名史学家，记录了公元四世纪古罗马帝国的衰败过程。

3 马克·维特鲁威·波利昂（约前80至70—约前15），公元前一世纪古罗马御用建筑师、作家、工程师和专著作家。

“作为一个机械爱好者，我无法理解您关于维特鲁威的言论，我觉得受到了冒犯。他可是我们这门学科中首屈一指的天才之一。”

“我不在乎您和您的老师伯恩斯是怎么看待这个于人无益的男人的。在我看来，维特鲁威只不过是个业余研究者。您去认真读读他的《建筑十书》吧——维特鲁威的每一段描述都会让您摸不着头脑。他所做的只是向我们转述古希腊人——从战术家埃涅阿斯[1]到亚历山大城的希罗[2]——所写的极具价值的文章而已。那本书的内容杂乱无章，毫无条理。”

“我还是头一回听到这样轻慢的言论。那我们该寄希望于谁呢？难道是塞克斯图斯·尤利乌斯·弗朗提努斯[3]吗？”

“您该带着审慎的态度去读读他的《谋略》一书。乍看之下，您可能会觉得他抓住了问题的关键；可随着那些说不通的描述和错误的出现，您只会越来越失望。弗朗提努斯对水渠、管道和下水道知之甚多，可要说起弹道学，他连一条简单的抛物线都算不出来。”

“拜托，您可别忘了，我回去之后还得准备一篇两百页的关于古罗马弹道学的博士论文并撰写一些报告呢。我可不

1 战术家埃涅阿斯，生卒年月不详，古希腊第一位描写战争艺术的作家。

2 希罗，生活于公元一世纪的亚历山大城，古希腊著名数学家、工程师、科学家和发明家，曾发明有汽转球、自动售卖机、注射器、蒸气风琴等很多设备。

3 塞克斯图斯·尤利乌斯·弗朗提努斯（约 40—103），古罗马帝国政治家和军事将领，曾担任执政官并在外参加战争，后又参加罗马城的市政改造工作。

想经历我的老师在明尼苏达州体育场所遭受的尴尬。请您告诉我一些这方面的权威论述吧。伯恩斯老师总是翻来覆去地讲他那些故事，而且还经常跑题，搞得我脑子里一片混乱。”

“请允许我在这里为伯恩斯老师的持之以恒向他表示祝贺。看样子他一直致力于向您传授马尔切利努斯、阿利安[1]、狄奥多罗斯[2]、约瑟夫斯[3]、波利比乌斯[4]、维盖提乌斯[5]和普罗科匹厄斯[6]等人关于古代弹道学各执一词的杂乱说法。我和您直说吧。我们连一张现代的图纸或一个准确的数据都没有。尤斯图斯・利普修斯[7]和安德烈亚・帕拉第奥[8]的

---

1 阿利安（约86—175），古希腊历史学家、哲学家。主要著作《亚历山大远征记》是一部记述亚历山大大帝历次战役的历史书，几乎完整地流传至今。

2 狄奥多罗斯，生卒年月不详，古希腊历史学家。

3 约瑟夫斯（37至38—101），全名提图斯・弗拉维奥・约瑟夫斯，公元一世纪古罗马著名犹太历史学家。

4 波利比乌斯（前200—前118），古希腊著名史学家，他是历史上第一位撰写世界史的学者。

5 维盖提乌斯，原名普布利乌斯・弗莱维厄斯・维盖提乌斯・雷纳特斯，生卒年月不详，公元四世纪古罗马作家。著有关于古罗马军事体制论著《论军事》，凡四卷。尽管他不是军人而是文职人员，但其军事著作自中世纪起即已受到极大关注。

6 普罗科匹厄斯（约500—约554），拜占廷帝国著名的历史学家，属于古代晚期世俗史学家，其著作为后世研究查士丁尼时期历史提供了重要史料。

7 尤斯图斯・利普修斯（1547—1606），南尼德兰（今比利时）语文学家、人文主义者，被誉为十六世纪最著名的学者之一。他的斯多噶主义研究影响了许许多多同时代的思想家，促成了新斯多噶主义运动的诞生。

8 安德烈亚・帕拉第奥（1508—1580），文艺复兴时期北意大利最杰出的建筑大师，也是历史上第一位完全以建筑和舞台设计为主业、没有兼事雕塑和绘画的职业建筑师。

‘弩炮’完全是纸上谈兵，现实中根本就不存在。”

“那我该怎么办呢？求您想想我那两百页的论文和我要在明尼苏达州做的每场两千词的报告吧。”

“我给您讲一件轶事吧，说不定能帮您开开窍。”

“请说。”

“我要说的是攻克斯哥达之役。您应该记得吧，这座城市在 153 年被执政官诺比利奥尔占领了。”

“公元前？”

“没必要吧，我的意思是，我觉得我没必要和您说得那么准确……”

“抱歉。”

“嗯。诺比利奥尔在 153 年攻占了斯哥达。有一点您一定没有注意到，那就是这座城市之所以失守，是因为一架弩炮起了作用。占领该城是诺比利奥尔的军队向努曼西亚行进过程中的一个关键节点。”

“够刺激！那架弩炮真有效力。”

“不好意思。我说‘起了作用’并不是说弩炮真正发射出了炮弹。”

“请您接着讲完吧。我铁定无法把任何积极信息带回明尼苏达州了。”

“执政官诺比利奥尔是个厉害人物，他想用投石器来一个大力炮击，并由此展开进攻……”

“抱歉打断您，但咱们刚才说的不是弩炮吗……”

“敢问您，还有您在明尼苏达州的那位著名老师，您二位能告诉我弩炮和投石器[1]的区别吗？还有，掷弹器、投枪弩和投弩器又有什么不一样？唐·何塞·阿尔米兰特[2]曾说过，古代机械既没有固定的名称拼写，也没有令人信服的说明介绍。以下这些名称指的都是同一种器械：射石器、石弩、石炮、大石弩。您可以把所有这些通过张力、扭力和平衡力来发挥作用的器械称为重型投石车、发射器、石片弩、弓弩、手弩或是火弩。此外，由于这些器械从公元前四世纪起便基本上都能移动，您把它们统称为弩炮车也不为过。”

“……”

“事实上，能够使这些战争中的猛龙获得力量的秘诀已经消失了。没人知道如何拉紧挡板，如何对细茎针茅绳、马鬃绳或肠绳[3]进行鞣制，也没人清楚平衡系统如何运作。”

“趁我还没有决定改变博士论文题目并把想象中的报告厅里的那些观众都赶走，请您继续讲完这件轶事吧。”

“执政官诺比利奥尔是个厉害人物，他想用弩炮来一个大力炮击，并由此展开进攻……”

“看来您把这些轶事牢记在心啊，您重复得一字不差。”

“可您的记性似乎并不怎么好。我刚才的叙述中有一处重要变化。”

---

1 本篇出现频率最高且所指明确的古代攻城器械名称有两个，其一译为弩炮，西语原文为 balista，其二译为投石器，西语原文为 catapulta。本段后半部分出现的很多其他古代攻城器械名称在现代语言中已经比较罕见。

2 何塞·阿尔米兰特（1823—1894），十九世纪西班牙作家和工兵部队军官。

3 古人会用公牛或绵羊的肠子通过特殊工艺制作牢固的绳索，这种绳索曾用于制作吉他或小提琴的琴弦。

“真的吗？”

“为了不会再次被您打断，我没有说‘投石器’，而是使用了‘弩炮’一词。看来结果与我的初衷背道而驰啊。”

“我不管什么背道而驰，我只想知道诺比利奥尔那一击是怎么射的。”

“那一击并没有射出。”

“什么？难道您不准备给我讲完这件轶事了吗？”

“我会讲完的，但炮击并没有执行。当时弩炮的弩臂已经弯曲，扭力弹簧已经拧紧，发射台也已经填满，一切就绪，诺比利奥尔准备向斯哥达发射一块巨大的花岗岩。可就在这时，斯哥达的居民投降了。他们在城墙上打出手势，并派出使者求和。诺比利奥尔放了他们一条生路，条件是他们必须要从城里撤出，这样一来，诺比利奥尔就可以实践古罗马皇帝那任性的怪癖了——纵火烧毁城市。”

“那弩炮呢？”

“它完全报废了。在如此微小的胜利带来的欢乐面前，人们遗忘了弩炮，甚至连炮兵也是如此。当斯哥达的居民签订战败书时，弩炮的弹簧损毁，木弓爆裂，本应发射出巨大石块的弩臂则毫无生气地躺在地上，断成几节，吱吱呀呀地为自己的力量唱出赞歌……”

“怎么会这样呢？”

“难道您不知道吗？如果一台弩炮没能即时发射出弹丸，那它就报废了。倘若伯恩斯老师没跟您讲过这个，那我真得对他的能力提出质疑。不过咱们还是回到斯哥达吧。作为释放首领的赎金，诺比利奥尔得到了一千八百磅银子。他立刻用这些银子铸造了钱币，以防止那些分文未得的士兵发动暴乱。有一些硬币被保存至今。明天您可以去努曼西亚博物馆看看它们。”

“您不能帮我搞一枚留作纪念吗？”

“您别逗了。唯一拥有那个时期钱币的个人是阿道夫·舒尔腾[1]教授，他一生都在努曼西亚的废墟中翻刨、画制平面图，并在已播种的土地的犁沟中寻摸军事部署的遗迹。不过我倒是可以给您一张印有那种硬币正反面图像的明信片。”

“咱们继续吧。”

“诺比利奥尔知道该如何让自己从攻克斯哥达一役中获益，他下令铸造的钱币的一面印有他的侧影，另一面则是一架弩炮的轮廓和几个字：斯哥萨。”

“为什么是斯哥萨而不是斯哥达呢？”

“您自己去调查一下吧。那应该是铸模的人犯的印刷错误。那些钱币在古罗马引起了剧烈反响，弩炮这种兵器更是声名大噪。军队首长们一打一打地订购投石器，预订的投石器体积越来越大，而且越复杂越好。古罗马帝国的作坊并不足以满足他们的需求。”

“请您跟我说点实用的内容吧。照您看来，为什么同样一件兵器会有那么多不同的名字呢？”

---

1 阿道夫·舒尔腾（1870—1960），德国考古学家、历史学家和语言学家。其研究领域主要在西班牙地区。

"或许是按照体积区分吧，又或许是按照炮兵手上的发射物区分的。您看啊，石弩和大石弩，顾名思义，它们投掷的是石头，各种体积的石头，轻则二三十磅，重则八百到一千两百磅。石片弩投掷的也是石头，不过这些石头是弹片状的，石片弩会掷出成堆的碎石片。从词源学来看，投枪弩射出的是巨大的投枪，不过它也会发射箭群。至于火弩，估计您也没听说过……它会发射装有燃烧的混合物的桶、点燃的木柴捆、尸体和垃圾袋，这样的投射物会使倒霉的被包围者所呼吸的有毒空气变得更加刺鼻。说到底，我还知道一种以乌鸦作为弹丸的大弩。"

"乌鸦？"

"我再给您说一件轶事吧。"

"看来我找错了考古学家，也找错了指导者。"

"请您听听看吧，这件轶事可棒了，而且还挺诗情画意的。我会长话短说，我向您保证。"

"您请讲吧，之后我们就该离开了。太阳已经落到了努曼西亚的废墟之上。"

"一天晚上，一个炮兵团把军团里最大的一架弩炮扔在了一块高地上，这块高地位于通往森托布里加的道路上，保卫着布雷斯村。您应该明白，我又回溯到了公元前二世纪；但事情还是发生在同一地区。第二天早上，布雷斯的居民——一百多个无辜的牧人——发现了一夜之间从地上冒出的庞然大物，这东西对他们来说无疑是个巨大的威胁。他们对投石器一无所知，却嗅到了危险的气息。整整三天三夜，村民们把自己严严实实地关在茅屋里，不敢出门。不过，他们不愿无限期地等待下去，于是便决定用抽签的方法派人在次日上午去调查那件神秘而笨重的机器。被抽中的是一个害羞怯懦的小伙子，他感觉自己仿佛是被判了死刑。

村民们花了一整晚与小伙子道别，并不断给他鼓劲，可小伙子依然害怕得瑟瑟发抖。在日出前的冬日清晨，弩炮想必和断头台一样诡秘而阴暗。”

“小伙子活着回来了吗？”

“并没有。他死在了弩炮脚下。一群在弩炮上过夜的乌鸦受到了惊吓，它们全部飞了起来，向他齐射而去……”

“我的天呐！一架弩炮连一个炮弹都没有发射却攻下了斯哥达城，另一架则用一小群飞禽杀死了一个年轻牧人。我就在明尼苏达州说这个吗？”

“您可以说，投石器能在心理战中派上用场。您还可以补充一句，整个古罗马帝国就如同一个复杂碍眼的庞大战争机器，里面满是各种相互对抗的杠杆，它们的力量彼此抵消。您可以解释说这是一架会带来衰亡的武器。”

“我这么说就能获得成功吗？”

“您要全面描述一下弩炮的发展所到达的糟糕至极的顶峰。要讲得生动有趣一些。您可以告诉大家，在当时的罗马城中，教师这一职业已变得相当危险。学生们会用袖珍的随身装备——它是战斗用手弩的儿童改装版——攻击老师，实实在在地向老师发起石击。”

“我这么说就能获得成功吗？”

“要讲得诗意一些。您可以讲一下公元前 146 年迦太基被包围时的动人故事。当时少女们贡献出她们的长发以代替马鬃制作弩炮上的扭力弹簧。”

“我这么说就能获得成功吗？”

“要给人留下深刻印象。您可以仔细讲讲一个古罗马军团的配置构成。要特别说说那两千辆战车和拉车牲畜、武器弹药以及搭建防御和围攻工事所需的物资。讲讲那些数不清的壮丁和奴隶；批判一下商人和酒馆老板兴隆的生意，并着重谈谈妓女。道德败坏、挪用公款和性病问题为您提供了取之不尽的话题。此外，您还可以描述一下那个连轮子都是用石头制成的巨型可携带石炉，它是工程师盖乌斯·李锡尼智慧的结晶，在行军过程中以每公里一千个的速度烘烤面包。”

“太不可思议了！”

“要知道，那个石炉重达十八吨，每天最多行进三公里……”

“真是夸张！”

“您要执着一些。要不停地强调，军团配备了许多弩炮，部署得十分密集。具体数字您可以敞开了说，我会为您提供数据来源。您可以指出，在德米特里一世[1]时期，仅为攻打一座城池，军团就要聚集起八百架弩炮。古罗马军队几乎无法变换队形，总是要在这上面耽搁很长时间；那些武器叫人

---

1 德米特里一世（前 337—前 283），马其顿王国安提柯王朝国王，在前 294 年—前 288 年这段时间登上马其顿王位。在瓜分亚历山大大帝遗产的继业者战争中，德米特里一世是其父安提柯最主要的帮手，同时是希腊化时代初期著名的军事统帅。

难以忍受，其笨重的木制结构让军团不堪重负。”

“我这么说就能获得成功吗？”

“您可以总结说弩炮是一种心理武器，是一种象征着威力的具有决定性力量的概念。”

“我这么说就能获得成功吗？”

（就在这时，考古学家在地上看到了一块石头，他觉得用它来结束自己的这一课简直再合适不过了。那是一块又厚又圆的玄武岩卵石，重约二十千克。考古学家显得相当兴奋，他把石头刨出来，放在了学生怀中。）

“您真是太幸运了！您想带走一枚硬币留作纪念，命运却给了您这个。”

“可这是什么啊？”

“一枚古罗马时期的珍贵炮弹，毫无疑问，它是由那种让您焦虑无比的器械发射出来的。”

（学生接受了礼物，有些摸不着头脑。）

“可是……您确定吗？”

“把它带回明尼苏达州，搁在演讲台上。它一定会给听众留下深刻的印象。”

“您确信？”

“我本人会为您提供一份符合要求的证明材料，这样一来警察就会允许您把它带出西班牙了。”

“但是您真的确定这是一枚古罗马炮弹吗？”

（考古学家的声音失去了耐心，显得有些阴郁。）

“我十分确定。如果您早来努曼西亚两千年，这块由西庇阿[1]的炮兵发射出的石头一定会打破您的脑袋。”

（面对如此不容置疑的答复，来自明尼苏达州的学生陷入了沉思，他抱紧石头，深情地把它抵在胸前。有那么一会儿，他松开一只胳膊，用手拂过额头，似乎是想彻底抹去有关古罗马弹道学的所有幻影。）

太阳已经落在了努曼西亚荒芜的田野上。

梅丹秋河干枯的河床亮闪闪的，流露出它对河水的思念。负责奉告祈祷的天使飞向远方，到达了看不见的村庄上空。老师和学生一动不动，在短暂的凝神中站成了永恒的姿态，就像是灰色黄昏中两个飘忽不定的大石块。

1　在古罗马帝国共和国时期以军功显赫著称的有大西庇阿和小西庇阿。此处所指或许为大西庇阿（前235—前183），即“征服非洲的西庇阿”。在第二次布匿战争中，大西庇阿是古罗马方面的主要将领之一，以在扎马战役中打败迦太基统帅汉尼拔而著称于世。由于大西庇阿的胜利，古罗马人以绝对有利的条件结束了第二次布匿战争。

一个被驯化的女人

……现在她与你同在……[1]

今天我驻足观望了奇特的一幕：在郊外的广场上，一个被驯化的女人在一个灰头土脸的杂耍艺人的带领下表演节目。演出就在街边的平地上进行，可男人却十分注意不让表演范围超出事先用粉笔画出的区域。据他说，在这一区域内表演是获得政府批准的。男人不断地让越线的观众退后。一根链条连接着他的左手和女人的脖子，但那只不过是走形式而已，链条轻而易举便可被扯断。更让人印象深刻的是那用丝线做成的鞭子，杂耍艺人拿着它在空中挥舞，看上去趾高气昂，可人们根本听不到鞭子抽打东西发出的噼啪响。

演出团里还有一位成员，那是个看不出年纪的小畸形人。他敲着长鼓，为女人的演出伴奏。女人的表演不过就是站着行走，越过一些纸做的障碍，并解决一些基础算术问题。每当有硬币在地上滚过，表演中就会出现一幕由观众主导的戏剧性小插曲。“去亲他！”杂耍艺人命令，“不，不是那个。是那位投来硬币的先生。”女人没能找到目标；在一片嬉笑和掌声中，约摸有六个男人略带恐惧地接受了女人的亲吻。这时，一名执勤警察走过来示意他们不可以进行演出。驯兽人把一张盖有公章的满是油污的纸出示给警察，警察只得耸耸肩，讪讪地走了。

说句实在话，女人的魅力并无特别之处。可是，魅力中展现出了无尽的耐心；坦率地说，这在一个男人看来着实有些不同寻常。而观众们往往很吃这一套。他们会掏腰包去看一只穿着衣服的跳蚤；他们愿意花钱并不是因为衣服的美丽，而是因为给跳蚤穿上衣服所要付出的那些努力。我本人就曾怀着敬佩的心情看一个身有残疾的人用脚完成我们用手都几乎难以做到的事。

在同性间惺惺相惜的情感作祟下，我感到一种盲目的冲动；我不再关注那个女人，而是把注意力都放在了男人身上。毫无疑问，那家伙心里十分煎熬。杂耍的难度越大，他就越难强颜欢笑。女人每每犯蠢，他都会痛苦地颤抖。我顿时明白过来，他并不是完全不在乎女人；他一定曾对她有过好感，或许就是在她乏味的学艺时期的最初那几年。两人之间存在着某种关联，这关联密切而堕落，超越了驯兽人和猛兽间的关系。只要稍作深究，任何人都能体会出其中淫秽的意味。

观众生性单纯，他们忽略了一个出色观察员必定会注意

---

1 原文为拉丁文 et nunc manec in te，古罗马诗人维吉尔（前 70—前 19）的诗句。

到的那些细节，没觉察出任何异样。他们钦佩写出奇文的作家，却并不关心作家是否饱受头疼折磨，也并不在意作家私生活中的可怕细节。人们唯结果至上，只要结果合胃口，他们便不会吝惜掌声。

我唯一可以确定的是，从杂耍艺人的反应来看，他既觉得骄傲，又感到负罪。毋庸置疑，没人能否认他驯服女人的功绩，但与此同时也没人在意他使用了什么卑劣手段。（在我陷入沉思时，女人正在一块狭窄的暗色天鹅绒地毯上翻跟头。）

执勤警察再一次前来骚扰杂耍艺人。他说我们阻碍了交通，甚至打乱了正常的生活节奏。“一个被驯化的女人？诸位还是去马戏团吧。”受到指责的男人再次拿出脏兮兮的文件作为回应，警察略带厌恶地把文件举在离身较远的地方读了读。与此同时，女人则从地上捡起硬币放进镶有亮片的帽子中。一些勇敢的人接受了女人的亲吻；另一些人或碍于体面或感到害臊，谨慎地躲到了一边。

在收受了民众给予的贿赂后，那位政府代表终于彻底离开了。杂耍艺人强颜为笑，命令侏儒在鼓上敲出属于热带的节奏。正在准备算数节目的女人像摇晃手鼓一样晃动起手中彩色的算盘。她开始以极不连贯的动作舞蹈，样子十分拘谨。在内心深处，男人原本把所有的希望都寄托在了监狱中，因此现在他失望得无以复加。沮丧愤怒之下，男人用恶毒的词语斥责女人的迟钝。观众们被男人伪装出的激动情绪所感染，全都一边拍手一边摇摆起来。

为了营造更好的演出效果，并从眼前的状况中攫取更多利益，男人开始用他虚假的鞭子抽打女人。那时我突然意识到了自己正在犯下的错误。然后，我像其他人一样把目光聚焦在女人身上。我不再看那男人，不管他有多么悲惨。（这时候，眼泪正从他沾满面粉的脸上滑落。）

我决定当着众人的面打消自己所有同情和批评的念头；我用眼神征求杂耍艺人的同意，但这只是徒劳。在被另一个后悔的人抢先一步之前，我从粉笔线上跳过，跃进了充满怪相和腾跃表演的场地内。

在杂耍艺人的挑唆下，敲鼓的侏儒恣意发挥；鼓声越来越猛，达到了不可思议的强度。合着如此随性的伴奏，女人也超越了自我，引得一阵欢呼。我随着女人一起舞动，在持续不断的即兴舞蹈中始终保持着节奏，直到男孩停止敲鼓。

作为最后的姿态，我觉得再没有比猛然下跪更合适的了。

巴勃罗

一个和所有早晨一样的早晨，事物也是一如既往的样子，中央银行办公室的嘈杂声像单调的阵雨一样散发开来，仁慈来到巴勃罗心中。这位主出纳置身于复杂的业务中，他的思绪集中在一点上。神的思想充满了他的精神，那种思想如一种影像般强烈清晰，如一种感官意象般鲜明。一种奇怪又深邃的惬意变得纯粹而持久，达到了它的巅峰，而这种惬意以前曾有几次只是作为片刻和转瞬即逝的反应到达过他那里。他觉得世界上充满了无数个巴勃罗，而在那个时刻，他们都在他的心里汇集。

巴勃罗看见创世之初完整的上帝本人，看见他在心里总结着所有可能的创造。他的思绪像天使般在太空飞翔，而最美好的思绪就是自由的思绪，它像光一般绚丽和广阔。刚刚创世的圣洁宇宙和谐有序地排列着万物。上帝已经赋予他们生命、宁静或运动，而且上帝本身依然完整、无法接近和崇高。上帝最完美的作品距离上帝无限遥远。在自己万能的创造力和驱动力之中，上帝不为任何人所知，没人会想到他，甚至不会假设他的存在。他是一些无法爱他的孩子们的父亲，不可避免地感到孤独，他想到人才是完全证明他实质的唯一可能办法。他由此知道人应该包含有神的素质，否则就会成为另一种缄默卑微的造物。而经过漫长的等待之后，神决定生活在地球上，将其自身化解为数千个颗粒，将所有这些颗粒的胚芽置放在人身上，以便有一天，经过各种可能的生命形式之后，那些漂泊任性的部分再聚集起来，再次组成原来的模式，将上帝剥离出来，还原成一体。就这样完成一个普世存在的周期，完全证实创造的过程，上帝在他的心里仁爱之情横溢的某一天启始了这个过程。

沉溺于时间的潮流中，滴水落入数世纪的海洋中，沙粒掉进无垠的沙漠中，巴勃罗就在他的办公桌那儿，穿着他的灰格衣服，戴着他的人造玳瑁眼镜，平直的栗色头发被一条细缝分开，手里写着无可挑剔的字母和数字，以他会计职员有条不紊的头脑得出可靠的得数，并将数字填写到右侧的栏目里。他从来没有算错过一个数字，也没有在账簿的纸张上留下一滴污渍。他就在那里，俯在他的办公桌前，接受着一条特别信息的初始话语。没有人认识他，也永远不会认识他。不过在他心里有着完美的公式，一个巨额彩票的中奖号码。

巴勃罗不好也不坏。他的行为符合某种性格，其心理机制表面上非常简单，但其因素经历了数千年才聚集在一起，而其运作方式已经在世界破晓之时就被安排好。整个人类的过去缺少巴勃罗。人类的现在充满了不完美的巴勃罗，有更好更坏的，有大的小的，有著名或默默无闻的。无意识之中，所有母亲都让他当儿子，她们又将这个任务交给她们的后代，断定某一天她们会成为他的祖母。不过巴勃罗却是作为一个间接和模糊的成果被孕育出的。他的母亲在分娩之时一定死了，对其他事情全然不知。能够证明她存在的A计划的密码已经在随便某一个早晨被交给巴勃罗，并且此前没有任何外来通知。那个早晨一如既往，只有工作的声音回响在中央银行宽阔的办公室里，还有那种人们已经习以为常的嘈杂声。

巴勃罗走出办公室时，以另一种眼光看待世界。他向他的每一个同类默默致意。他看到男人们透明的胸膛，犹如生气勃勃的卫兵，而白色的标志在所有人身上闪光。杰出的造物主蕴藏在他的每一个造物中，并且在其中应验。从那天起，巴勃罗就以另外一种方式判断邪恶：仿佛道德的剂量有误，有些人道德过剩，有些人道德欠缺。而总体上的不足产生了虚假道德，其表现形式便是邪恶。

巴勃罗对所有那些无意识的上帝携带者十分怜悯，他们多次忘掉和拒绝了上帝，让他在一个腐烂的身体里受难。上帝看到人类在探查，不倦地寻找已经丢失的范型。每一个出生的人都可能成为救世主，每一个逝者都是一个失败的方案。人类从第一天开始就进行着各种可能的组合，将各种可以想象到的方剂与分散在世界的神圣颗粒结合在一起进行试验。人类将他们的失败艰难地隐藏在大地里，兴奋地看着母亲们继续做出的牺牲。圣人们和智者们让希望复生，宇宙间的大罪犯们让希望破灭。也许在得到最终发现之前，还得等待最后一线沮丧，还应该核验那些使得人类与范型恰恰相反的方案，那是各世纪都惧怕的世界末日的野兽。

巴勃罗十分清楚，任何人都不应该失去希望。人类是不朽的，因为上帝就在人类里面，而人身所具有的持久性就是上帝本身的永恒。大屠杀、大洪水和地震、战争与瘟疫，都不能使得一对伴侣都不剩。人从来都不会只有一个脑袋，可以让某人一下子把它割下来。

从得到启示那天起，巴勃罗的生活就不一样了。一时的忧虑和热情对于他来说已经停止了。他觉得对于他来说，日夜、星期和月份的常规延续已经结束了。他相信他只生活在一个时刻，一个巨大和停顿的时刻，它犹如永恒中的一个荒岛，广阔而静止。他将自己的业余时间用于思索和谦恭。每天他都遇到清醒的想法，他的头脑里渐渐布满了光辉。不用他做任何事情，普天的习性就会慢慢深入他的心，他觉得自己受到了特别启示，变得聪敏，仿佛一记春天的猛击穿透了他人身的枝叶。他的思想在最高的巅峰上飘荡。在街上，他为他的想法而着迷，浮想联翩，很难想起来自己是在地上。城市在他眼里已经变容。鸟儿和孩子们为他带来幸福的信息。颜色已经把它的特性发挥到了极致，犹如刚刚被涂到物体上似的。巴勃罗喜欢看海和大山。他被草坪和泉水所抚慰。

为什么其他人不与他分享这种极度的享乐？巴勃罗从心里向所有人发出默默的邀请。有时他为自己欣喜之孤独而痛苦。整个世界都是他的，他像孩子一样在这样巨大的礼物前颤抖，不过他发誓要认真地享受它。正因为如此，他得把下午的时间奉献给那棵高大而秀丽的树，奉献给那片在空中轻缓转动的白色和玫瑰色云彩。

当然，巴勃罗知道，他实现这种享受的条件之一就是秘密享受，不可转让。他把自己以前的生活与现在的生活相比较。那是何等荒芜单调的沙漠！他知道，如果当时有人向他揭示世界的全貌，他肯定会无动于衷，看到世界里一切都完全一样，并无特别，空空荡荡。

他没有向任何人透露过自己哪怕最小的经历。他生活在一种宜人的孤寂中，没有知心朋友，只有远亲。他不善交际和沉默的性格有利于他的闭守。他只怕他的脸会暴露出他这种变化，或者他的眼睛会出卖他内心的辉煌。幸好这种情况丝毫没有发生。在工作中，在客人的家中，谁也没有注意到某种变化，而外表的生活完全与以前一样。

有时候，一个孤立的回忆，童年或青年时期的回忆，突然闯进他的记忆，并入一个明确的记忆单元。巴勃罗喜欢将这些记忆围绕在一个充满他的精神的中心思想周围，他为能从这些回忆中看到有关他以后命运的一种预卜而喜悦。那些预卜他以前没有注意到，因为它们短暂而微弱，因为他当时还没有学会破解大自然发到每个人心里的信息，那些信息包含在小奇迹里。现在这些信息里充满含义，而巴勃罗指出了他的精神之路，如同用白色砾石标记出的路径。每一块白色砾石都让他回想起一段幸福的情景，他可以任意重温那个情景。

在某些时刻，神的微粒仿佛在巴勃罗的心里占据了非同以往的比重，这让巴勃罗满心恐惧。他求助于他业已经过考验的谦恭，把自己当作最微小的人，最无能的上帝传播者，在无尽的追寻中最欠妥的尝试。

在他最雄心勃勃的时刻，他唯一所希望的就是能够亲历发现的时刻。然而他觉得这是不可能的，也是放肆的。他把这看成是强大而表面上又盲目的冲动，它让人类能够生存，能够越来越多地增加尝试次数，能够对中止生命过程的现象进行不可摧毁的抵抗。这种强力，这种越来越难以取得的胜利，蕴含着希望与确信，就是有一天在人们中间会出现原始生物和最终生物。在那一天，维系和繁衍的本能将停止。所有活人都将成为多余，而且都将专注地消失在那个承载一切的生物里，那个生物可能会宽恕人类，宽恕几个世纪几千年的无知、丑陋和追寻。人类已经摆脱了他的所有罪孽，将会永远生息在造物主的怀中。任何痛苦都不会被荒废，任何欢乐都不会成为无用功，它们都会成为在一个无限生物中繁殖的痛苦与欢乐。

随着那个可以开脱一切的幸福想法，在巴勃罗身上有时还会出现相反的想法，令他惆怅和疲惫。如此清晰地幻想出的美梦失去了光亮，面临破灭或变成噩梦的危险。

上帝也许再也不会复苏，他被囚禁在数百万的禁锢中，被永远地溶解和安葬于无望的生物中，而生物们感觉他们各自都在怀念上帝，并且不懈地聚集在一起要让上帝复苏，也让自己在上帝那里复苏。可是圣灵将慢慢失去作用，就像一块被多次熔化再熔化的贵重金属，会在越来越粗野的溶合之中逐渐消失。上帝的精神也只能体现在巨大的求生愿望中，而对数百万的失败和死亡的日常负面经历闭上眼睛。神的微粒会在每个人的心脏里剧烈跳动，叩击着他的禁锢之门。所有人都以越来越愚蠢和无意义的再生愿望响应着这个召唤，而上帝的整合将变得毫无可能，因为要分离出一个珍贵的微粒都得缩小熔渣之山，抽干不公平的沼泽。

在这种情况下，巴勃罗便处于绝望之中。而从绝望中迸发出最后一点信念，他曾徒劳地企图将这一信念推迟实现。

巴勃罗开始意识到他可怕的旁观者特性，并且发觉他一观察世界，就是贪婪地观察。观察滋养了他的精神，而他观察的渴望也越来越强烈。他在人类身上已经认不出他的同类，他的孤独在心里膨胀，已经达到无法忍受的程度。他嫉妒地看着其他人，看着那些让他不能理解的生物们，他们对一切都一无所知，而将他们的全部精神都投入于微不足道的忧虑中，他们在一个孤独而高大的巴勃罗周围享受和受苦，巴勃罗在所有人的脑袋之上呼吸着崇高纯净的空气，每天忙于没收和窃取人们的利益。

巴勃罗的回忆开始疾速后退。他一天一天一分钟一分钟地体验他的生活。他到达了他的童年和青少年时期。他继续前进，到达他出生前的时期，了解了他父母和他先人们的生活，直至了解到他家谱最初的源头，他在那里又重新找到了由家族承载的他的精神。

他觉得自己无所不能。他可以回忆起每个人生活中最微不足道的细枝末节，可以把宇宙包括在一句话里，可以亲眼看到时间和空间里最遥远的事情，可以把云朵、树木和石头把握在他的拳中。

他的精神又回到他的身上，精神里充满了恐惧。他的每个行动都受到一种意想不到的极度怯懦的支配。他选择用外表上的不动声色来应对烧灼他内心的活跃火焰。任何东西都不应该改变他的生活节奏。实际上有两个巴勃罗，可人们了解的只是一个巴勃罗。另一个起决定性作用的巴勃罗却不为人所知晓，这个巴勃罗可以对人类做出总结，宣布一个不利或有利的审判结果，他在他忠实的灰色格子外衣里面，他深邃的目光被一副人造玳瑁眼镜保护着，完全不为人所知。

在他无穷尽的人类记忆里，有一段微不足道的轶事凸显出来，轻轻地伤害了他的精神，这段轶事大概是他在孩提时代读到的。这段轶事出现时并没有轮廓，它的句子简洁地印在巴勃罗的脑海里：在一座山庄里，一位外国牧羊老人终于让他的所有邻居相信，他就是上帝的化身。在一段时间里，他享受着优惠的待遇。可是突然发生了一次旱灾。颗粒无收，羊都死了。信徒们都埋怨这个神，拿他献祭。

只有一次巴勃罗差点儿被发现。就那一次，他在另一个人的眼里露出了他的本来面目。巴勃罗并不否认他的身份，并且知道要在某个时刻接受一个巨大的危险。

那是风和日丽的一天。巴勃罗按照普通人的愿望，在城市最繁华的一条街道上散步。一个人在人行道中间突然站住脚，那人认出了他。巴勃罗觉得一道闪电落到他身上。他惊得一动不动，说不出话来。他的心猛烈却也无限柔情地跳动着。他开始走了一步，试图张开双臂，做出一个保护的动作，准备好被认出来，被揭穿，被钉上十字架。

那个场景只持续了几秒钟，可巴勃罗却觉得非常漫长。那个陌生人似乎最后迟疑了一下，惊慌失措地发现自己认错了人，向巴勃罗嘟囔了一句对不起，继续向前赶路了。

巴勃罗在原地待了一会儿，他很痛苦，同时又轻松且伤心。他知道他的脸已经开始暴露他，于是加倍小心。从那时开始，他宁愿只在黄昏时散步，而且只去那些傍晚刚降临时就变得平静昏暗的公园。

巴勃罗只得严密地监视着自己的每一个行动，竭力消除自己哪怕是最小的欲望。他要求自己在生活过程中不遇到一点儿磕绊，也不改变生活中的一点儿面貌。实际上，他已经把自己的欲望消除了。他力图什么也不做，以自行检验他的本性。一种全能的思想压在他的精神上，让他喘不过气来。

可是一切都无济于事。宇宙涌入巴勃罗的心，让他恢复了本来面目，犹如一条宽阔的河流把它的全部流水又返还到它的源头。任何东西都无法阻挡它。他的心像平原一样展开，而在他心的上方，事物的本质如雨点般落下。

在他的过度富裕中，在他的充足财富中，巴勃罗也开始感觉遭受到世界的贫瘠。世界上的生物将被清空，它将失去它的热量，将停止它的运动。一种洋溢着怜悯和伤感的情绪开始沁骨入心，令他难以忍受。

巴勃罗为一切而痛心：他为儿童的无望生活而痛心，已经可以感到在花园和学校里，孩子们在减少；他为男人们无谓的生活，为孕妇们徒劳的急不可耐而痛心，因为他们已经不会体验到自己孩子的出生了；他为青年伴侣而痛心，他们突然分手，他们之间不必要的对话已经破裂，告别时甚至没有提出第二天约会的事情。他为鸟儿们害怕，它们已经忘记了自己的巢穴，漫无方向地飞翔，迷失了方向，也就只能没有动作地将将停留在空中。树叶开始发黄凋落，巴勃罗一想到树木不再会有另一个春天就不寒而栗，因为他食用的所有一切的生命都行将灭亡。他觉得自己无法在对一个死亡世界的回忆中苟存下去，他的眼里噙满泪水。

巴勃罗柔弱的心不需要长时间的核审。他的评审团也未能对任何人进行运作。巴勃罗决定让世界活着，他承诺要把已经从世界那里夺走的东西都返还给世界。他试图回想以前是否不曾有过另一个巴勃罗从他孤独的高空中跳下来，以便在世界的大洋中体会一个新的分散而飞逝的生活周期。

一个阴沉的早晨，世界已经失去了它几乎所有色彩，巴勃罗的心也像一个装满珠宝的首饰箱一般闪烁，他决定要献祭。一股摧毁之风游荡在世界，它就像一个长着北风和细雨翅膀的黑色天使长，仿佛要荡平现实的轮廓，预示着最后场景的到来。巴勃罗感到自己无所不能，可以溶解树木和雕像，摧毁建筑石群，用他黑色的翅膀带走事物的最后一点儿热量。巴勃罗浑身颤抖，一刻也不能忍受世界瓦解的场面了。巴勃罗把自己关在房间里，准备死亡。无论以何种形式，他如同一个最低档的自杀者，在不太晚的时候结束了自己的生命。他打开了他灵魂的阀门。

人类将另一个失败的方案隐藏在地下以后，继续坚持不懈地进行他们的尝试。从昨天开始，巴勃罗再次和我们在一起了，他在我们中间，寻觅着。

这天早晨，太阳发出极其灿烂的阳光。

交换的故事

随着“妻子以旧换新”的喊声，人贩子带着他的涂漆大篷车车队，走在镇子的公路上。

交易按照一些严格的定价，进行得非常迅速。感兴趣的人可以得到质量检验报告和质量证书，不过任何人都不能挑选。按照人贩子的说法，每个女人都是二十四克拉。所有女人都是金黄色，都是切尔克西亚[1]人。其肤色并非普通的黄色，而是像烛台一样的金黄色。

看到邻居的收获，男人们趋之若鹜地跟着车队。他们很多人都贫困潦倒。只有一个刚结婚的年轻人可以进行对换。他的妻子挺靓丽，并不比任何一个外国女人差，只是她不像她们一样黄。

一辆豪华大车从窗前经过时，我在窗户后面战栗着。一个像金钱豹似的女人倚靠在大靠垫和车窗帘间，像是透过一块黄晶，目光炯炯地盯着我。我为这种感人的炽烈而折服，差点儿没把玻璃撞碎。我羞愧地离开窗户，把脸转过来看着索菲娅。

她很平静，正在一块台布上绣着惯常的首字母。她不为外界喧哗所动，用她安稳的手指穿针引线。只有熟悉她的我才能看出她那种微弱又不易察觉的苍白。在街的尽头，人贩子又最后开了价，引起一阵骚乱："妻子以旧换新！"可是我的脚定在原地，对最后一次机会充耳不闻。外面，镇上流动着一种难堪的气氛。

索菲娅和我一起吃晚饭，没说一句话，无法做任何议论。

"你为什么不用我换另外一个？"她拿着盘子，最终问我。

我无法回答。我们俩人更加沉闷。我们早早就躺下了，可是我们睡不着。我们相互分开，沉默不语，那天晚上我们形同路人。

从那时起，我们便生活在一种荒芜的小岛上，周围幸福激荡。整个镇子就像个孔雀窝。女人们懒洋洋，沉溺于享乐，整天都躺在床上。下午她们出现了，在阳光下容光焕发，像软绵绵的检疫旗。

她们的丈夫殷勤温顺，一刻也不离开她们。他们沉湎于甜蜜，即使上午也不想工作的事。

在邻居们的眼里，我是傻子，失去了原有的几个朋友。所有人都认为我打算给他们做个示范，为忠贞当一回荒唐的楷模。他们用手指指着我，笑着，指手划脚地甩出脏话。他们给我起淫秽的外号，我最终觉得在这个快乐伊甸园里，我

1　俄罗斯联邦欧洲部分南部一古地区，位于黑海沿岸。

就像个阉人。

而索菲娅呢，日益变得寡言孤僻，她拒绝与我一起出门，以避免与我形成对比和比较。更糟糕的是，她不情愿地履行已婚女人的必须义务。说真的，我们都为我们简朴的夫妻情爱感到痛苦。

她那负疚的样子最让我生气。她觉得对我没有一个像其他女人一样的女人而负有责任。她从一开始就认为，她那每天都卑微的脸庞无法驱散我头脑里的诱惑形象。面对漂亮的入侵者，她边战边退至无声怨恨的角落里。我徒劳地花尽了家里微薄的钱财，给她买了饰物、香水、珠宝和服装。

“你不用怜悯我！”

她拒绝了所有礼物。如果我使劲看她，她就含泪说：

“你没有把我换掉，我永远也不会饶恕你。”

她把所有的错误都归咎于我。我失去了耐心。想起那个像金钱豹一样的女人，我真希望人贩子再从这里路过。

可是有一天，那些黄头发女人们开始生锈了。我们生活的那个小岛恢复了它的绿洲品质，周围沙漠环绕。那是个敌视的沙漠，充满了不满的哀号。一眼望去，无精打采的男人们并没有真正把注意力放到女人身上。既没有正眼看她们，也没有去鉴定她们的成色。她们根本就不是新妻子，而是第二手、第三手……谁知是第几手的妻子呢。人贩子只是简单地对她们进行一些必要的修饰，给她们镀上薄薄的浅淡金色，甚至禁不住一点儿雨水的冲刷。

第一个发现有点儿怪异的男人佯装不知，第二个男人也是如此。可是第三个男人，他是药剂师，有一天从他妻子身上的香气中嗅到一股硫酸铜的特有气味。他警觉地进行了仔细的检查，在他妻子身上找到深色的斑点，于是大喊起来。

很快那些斑点就出现在所有女人的脸上，仿佛在她们中间爆发了一场锈疫。丈夫们都向别人隐瞒着自己妻子的缺陷，内心遭受着对这种缺陷来源的惊恐怀疑。慢慢真相大白，每个人都知道了，他们得到的是个伪造的女人。

那个加入了这种激情变化的新婚者陷入深深的沮丧。沉迷于回忆中那明晰的白皙胴体的他，很快便做出了荒唐事。一天，他用腐蚀酸去除了残留在他妻子身上的余金，让她受到了伤害，成了一个真正的木乃伊。

索菲娅和我遭遇了各种嫉妒和仇恨。面对这一普遍态度，我认为最好采取一些预防措施。可是索菲娅很难掩饰她的兴高采烈，穿上最靓丽的服饰上了街，在如此悲哀的环境中炫耀自己。索菲娅并没有对我的行为进行任何夸奖，而是自然地想到，我只是因为懦弱才会留下她，而我并不乏换妻的愿望。

现在那批受骗的丈夫们都出去找那个人贩子了。那真是个悲惨情景。男人们高举拳头，发誓要报仇。女人们都穿着孝服，情绪低落，头发乱蓬蓬，就像一群哭丧的麻风病人。只有那个出了名的新婚男人留了下来，他是出于自己的某种原因而感到害怕了。他表现出一种古怪的眷恋，说他会忠诚不二，直到死亡将他与那个发黑的女人分开，那个他亲手用腐蚀酸毁了的女人。

在这样一个不知道是愚蠢还是谨慎的索菲娅身边，我不知道等待我的将是什么样的生活。很快，她就会缺少爱慕者了。现在我们在一个真正的小岛上，周围到处都是寂寞。男人们临走前声称他们要追踪到人贩子的踪迹，直至地狱。事实上，他们说这话的时候，脸上都是一副注定要进入地狱的样子。

索菲娅并非像看起来那样黝黑。在灯光的照射下，她睡着了的脸逐渐充满了光泽，好像从她的睡梦中飘逸出轻微的金色自豪感。

与魔鬼之约

尽管我加速跑到电影院，电影还是已经开始了。我在黑暗的放映厅里想找个位置。我坐到一位外表尊贵的男人旁边。

“请您原谅，”我问他，“您能不能简单给我讲述一下刚才银幕上的剧情？”

“可以。丹尼尔·布朗，就是您现在看到的人，与魔鬼达成一项协议。”

“谢谢。我现在想知道协议的条件。您能给我讲讲吗？”

“我很乐意。魔鬼答应把财富提供给丹尼尔·布朗七年。当然，要以此换取他的灵魂。”

“就七年吗？”

“协议可以延期。刚才，丹尼尔·布朗用一点儿血签了协议。”

凭这些情节我就可以知道电影的梗概了。这些情节已经够了，不过我想再多了解一点儿。那个愉快的陌生人看起来是个有见解的人。当丹尼尔·布朗正在往口袋里装一大堆金币时，我问道：

“依您看，这两者之间，哪一个付出得更多呢？”

“魔鬼。”

“怎么会呢？”我惊奇地问道。

“丹尼尔·布朗的灵魂，请相信我，在他出让灵魂的时候并不是什么值大钱的东西。”

“那么魔鬼……”

“他在这场交易中会很亏的，因为丹尼尔表现出非常渴望钱，您看。”

果然，布朗大把地花钱。他乡下人的灵魂暴露无遗。我的邻座带着指责的目光接着说道：

“马上就要到第七年了，看吧。”

我一阵颤抖，对丹尼尔·布朗产生一股怜悯。我不由得问道：

“请原谅，您就从来没有贫穷过吗？”

湮没在黑暗中的邻座的侧影微微一笑。他把目光从银幕上移开，银幕上的丹尼尔·布朗已经开始感到内疚。邻座并没有看我，他说道：

“我不知道贫穷是什么感觉。您知道吗？”

“既然这样……”

“相反，我很清楚在有钱的七年里可以做什么。”

我尽力去想象有钱的七年会是什么样子。我看到了保利娜的影像，她身着新衣，微笑着，周围都是漂亮的东西。她这个形象让人产生另外一些想法：

“您刚说过丹尼尔·布朗的灵魂一文不值，那么魔鬼怎么会给他那么多钱？”

“那个可怜小伙子的灵魂可以改善，愧疚可以让他的灵魂成长。”我的邻座很有哲理地回答说；随后又狡黠地补充道：“那样魔鬼就不会浪费他的时间了。”

“那如果丹尼尔后悔了呢……”

我的邻座看起来似乎为我表现出的同情感到不快。他做了个要说话的动作，可是从他嘴里只发出一个小小的喉音。我坚持问道：

“因为丹尼尔·布朗有可能后悔，那样……”

“魔鬼肯定不会是第一次遇到这种糟糕事了。有几次，尽管有协议，他还是失手了。”

“真是太不道德了。”我不由自主地说了这句话。

“您说什么？”

“如果魔鬼履约，人就更应该履约了。”我补充了一句，像是为自己做解释。

“例如……”我的邻座停顿了一下，表现出浓厚的兴趣。

“譬如丹尼尔·布朗，”我答道，“他尊敬他的夫人。您看他为她买的房子。他出于爱出卖了他的灵魂。他应该履约。”

这个理由让我的同伴很茫然。

“请原谅，”他说，“刚才您还站在丹尼尔一边。”

“我还是站在他一边。不过他应该履约。”

“您呢？您会履约吗？”

我无法回答。银幕上，丹尼尔·布朗阴沉着脸。富有并不足以让他忘记自己农民的简朴生活。他的家宽敞而豪华，可是竟奇怪地凄凉。漂亮的服装和珠宝令他夫人情绪不佳。她似乎变了一个人!

岁月飞逝，钱币迅速地从丹尼尔手里撒出，就像以前的种子那样。然而在这之后，增长的不是植物，而是悲戚和愧疚。

我努了一把劲，说道：

“丹尼尔应该履约。我也会履约。没有任何东西比贫穷更糟糕了。他已经为他夫人做出了牺牲，其他就无所谓了。”

“您说得好。您理解这点是因为您也有夫人。不是吗？”

“我可以贡献出任何东西，只要让保利娜应有尽有。”

“包括您的灵魂？”

我们低声谈论着。然而我们周围的人看来已经不耐烦了。他们几次要求我们住嘴。我的朋友似乎对这场谈话特别有兴趣，问我：

“您想不想跟我一起到走廊上去？电影我们可以待会儿再看。”

我不能拒绝，我们出去了。我最后一次看了银幕：丹尼尔·布朗哭着向他夫人承认，他与魔鬼有约在先。

我还在想着保利娜，想到我们生活的窘迫，想到她温柔地忍受着贫困，而这让我遭受了更多的折磨。我绝对不能理解丹尼尔·布朗，他腰缠万贯竟还在哭。

“您，是穷人？”

我们穿过大厅，进入一条窄小的走廊，那里昏暗还有股轻微的霉味。绕过破旧的窗帘，我的同伴又问我：

“您，很穷吗？”

“今天，”我回答说，“电影门票要比平时便宜得多，然而您不知道我下了多大的决心才决定要花这个钱。保利娜坚持要我来。也正是因为和她争论这个，我才迟到电影院的。”

“那么，一个像丹尼尔那样解决问题的男人，应该得到何种评价呢？”

“这是个需要考虑的问题。我的情况非常糟糕。人们已经不再注重穿着，着装随便。他们修补自己的衣服，清洗，一次又一次地打理。保利娜本人就非常擅长打点自己。她会做拼接和加大，即兴给自己做衣服。事实上，从很早以前开始，她就没有再买过一件新衣服。”

“我答应做你的顾客，”我的同伴很同情地说，“就这星期，我会向您订做几件衣服。”

“谢谢。保利娜要求我来电影院真是对了，她知道这件事会高兴的。”

“我还可以为您做点儿什么，”我这位新顾客补充道，“例如，我很高兴为您介绍笔生意，向您购买……”

“对不起，”我赶紧答道，“我们已经没有任何东西可以卖了，我们最后剩的就是保利娜的几个耳环了……”

“您好好想想，有点儿东西也许您忘了……”

我装着思索一下的样子。一阵沉默，我的施主以一种怪异的声音打破了沉默：

“您思考一下。您看，您可以看看丹尼尔·布朗。就在您到来的前一会儿，他还没有任何东西可以出卖的，然而……”

我忽然注意到那个人的脸变得更尖了。墙上一个广告牌的红灯映在他的眼睛里，使之发出一种诡异的光彩，像是一团火。他注意到了我的慌乱，以另外一种清楚又不同的声音说道：

“到了这种地步，我的先生，就无需再做介绍了。我完全听候您的吩咐。”

我本能地用右手做了一个十字架的手势，不过我并没有把手从衣兜里掏出来。这样一来十字架似乎失去了它的作用，因为那个诡计多端的家伙整理了一下他的领带结，非常平静地说：

“在这里，在公文包里，我带着一份文件，是……”

我不知所措。我又看到保利娜站在家门口，穿着她那有趣的褪了色的衣服，姿势还和我出来时一样：脸微笑着向前倾，手放在围裙的小口袋里。

我想财运已经在我手里了。这天晚上我们几乎没有什么可吃的。明天桌上就会有佳肴。也会有衣服和珠宝，还有一座又大又漂亮的房子。灵魂呢？

我正沉浸在这些想法里的时候，那个狡诈的人已经拿出一张沙沙作响的纸张，一只手里还有一根闪光的针。

“我愿意献出任何东西，只要让你应有尽有。”这句话我曾经多次向我夫人说过。任何东西。灵魂呢？现在我的对面就是可以让我的话付诸实行的人。不过我还在继续考虑，我在迟疑。我有种眩晕的感觉。猛然间，我决定了：

“成交。我只有一个条件。”

那个狡诈的人已经在试图用他的针扎我的胳膊，此时他似乎茫然了：

“什么条件？”

“我想看看电影结尾。”我回答说。

“可是那个白痴丹尼尔·布朗的情况与您又有什么关系呢？另外，那是个故事。您别管他了，签字吧，文件也符合要求，就差您签字了，就在这条线上面签。”

那家伙的声音悦耳清脆，犹如一枚金币的声音。他又接着说：

“如果您愿意，我可以先给您一些预付款。”

他像个精明的商人。我恢复了精神：

“我要看电影结尾。随后我就签。”

“这是您说的？”

“是的。”

我们又进入电影厅。我什么也看不见，可我的引座员很快就找到两个座位。

在银幕上，也就是说，在丹尼尔·布朗的生活中，出于一些我不了解的神秘原因，发生了惊人的变化。

一间乡间房子，破旧寒酸。布朗的夫人坐在火旁，正在做饭。那是黄昏时分，布朗扛着锄头从田里回来。他浑身是汗，疲惫不堪，粗布衣上满是灰尘。然而看起来他很幸福。

他倚靠着锄头，站在门边。他的夫人微笑着走近他。俩人观察着正在甜蜜中结束的一天，相信会有一个可以平安休息的夜晚。丹尼尔柔情地看着妻子，然后目光环顾一贫如洗的家，问道：

“可是，你怀念我们以前的财富吗？你不需要我们以前曾拥有的那些东西了吗？”

夫人慢慢地答道：

“你的灵魂比那些东西都贵重，丹尼尔……”

农民的脸上逐渐出现了光芒，微笑似乎展开，充满了房间，越出了画面。一阵音乐从他的微笑中涌出，仿佛逐渐溶解了他们的形象。于是从丹尼尔·布朗幸福而贫穷的家里迸出了三个白色的字，它们扩大，再扩大，直到充满了整个银幕。

我也不知道我是如何突然置身于走出影院的嘈杂人群中的，我推搡着，踩踏着，拼命给自己挤出路来。有人拉着我的一只胳膊，试图扶住我。我用力挣脱，很快来到街上。

已经是夜晚。我开始快速走起来，越走越快，直到后来跑起来。我没有回头，也没有停步，一直跑到家。我尽可能平静地进了家，小心关上门。

保利娜正在等我。

她搂着我的脖子，对我说：

“你看起来很激动。”

“不，什么事也没有。就是……”

“你不喜欢这个电影？”

“喜欢，不过……”

我慌乱不已。我用手捂着眼睛，保利娜注视着我，接着不能自制地笑起来，愉快地笑我。我当时神色慌张，手足无措，不知道该说什么。她在笑声中开心地斥责我：

“你可能是睡着了吧？”

这句话让我平静下来。它给我指了一条路。我装着不好意思的样子答道：

“是的，我睡着了。”

随后，我又以请求原谅的态度补充道：

“我做了个梦，我给你讲讲。”

我讲完故事后，保利娜对我说，这是我给她讲述过的最好的电影。她似乎很高兴，笑个不停。

然而，当我上床时，我可以看到她是如何悄悄在我们家的门槛上用一点儿灰画了个十字记号的。

皈依基督教的人[1]

自从我接受了上帝的条件那一刻起，上帝与我之间的一切都解决了。我舍弃了我的目标，自认为已经完成了我的使徒工作。地狱是抹不掉的。我的所有执着都无济于事，而且会适得其反。上帝在这方面已经表现得很明确，而且是决定性的，甚至容不得我提出最后的建议。

在我承担的义务中，有一项就是让我的弟子们走回头路。对于尘世的弟子们，这可以理解。而地狱里的弟子们还在痴心不改地等着我的回归。不仅没能实现已经承诺的舍身救世，我所能做的也就是加上一个新的折磨：希望的折磨。上帝希望如此。

我应该回到起点。上帝拒绝启示我，在继续迈上错误道路之前，也就是在得到低级教职[2]的前夕，我应该把我的精神安放到它以前所在的位置。

我们的对话是在我被逐出地狱之后所待的地方进行的。它有点儿像一个在无限中敞开的单间，完全被我的身体占据了，而上帝并没有立刻到来。相反，我觉得等待无限漫长，一种难以言表的滞后感觉让我觉得比我以往所经受过的任何折磨都难以忍受。过去的痛苦在某种程度上是愉快的回忆，因为它可以证明我的存在，让我体会到自己身体的轮廓。可在那里，我可以把自己比作一片云，比作一个有感觉的小岛，它的边沿是由越来越无意识的形态构成的，以至于我都没法知道自己存在的范围，也不知道自己在哪个点上与虚无相接。

我唯一的能力就是思考，而且总是思绪飞扬，刚劲有力。在孤寂中，我有时间蹀躞在诸多道路上，我又一砖一瓦地重建了想象的大厦，我迷失在自己的迷宫里，只有听到上帝来找我的声音时才能找到出口。数百万的想法逃逸，我觉得自己的头脑就像一块大洋的流域，而且瞬间就会被清空。

还要特别声明的是，上帝制定了协议的条件，只给我留下接受条件的恩惠。我的判断力没有任何增强，而上帝专横至极，以至于我认为他的公平已经缺少怜悯。他只是给我指出两条路：重新开始我的生活，或者再回到地狱去。

大家也许会说，这事容不得再想了，我得当机立断。可是我又不得不犹豫再三。走回头路可不是一件简单的事。这完全等同于摒弃错误，摆脱另外一种生活中的障碍，重新开启生活。而这对于一个还未曾表现出极高辨别力的男人来说，就需要上帝本身在我身上难觅踪迹的那种沉着和忍耐。再犯错误并不难，救度之路有可能再次向地狱偏离。

---

1 尤指那些原先信仰其他宗教（譬如伊斯兰教或犹太教），后又改信基督教的人。

2 指看门人、读经师、祛邪师、辅祭。——译注此外，在我未来的作为中，还包含一系列无法忍受的行为和无数屈辱，我应该屈从接受，并公开澄清我的新处境。所有人都应该知道这点，包括我的信徒们和敌人们。我曾鄙视他们权威的长者们，他们会接到我已经完全服从的表示。我发誓如果在那些人中没有洛伦索修士，事情就不会那么严重。可偏偏就是他应该第一个知道这件事，而且是作为救度我的代理人出现的。他的职责就是密切监视我的生活，我的每个行动都要在他的眼前裸露无遗。

返回地狱也是个令人沮丧的主意，因为它并不仅仅是惩罚，而且还是一种更根本的东西，即我的全部努力都失败了。自从我已经无力回去说服任何人，不能激起哪怕一点儿希望之时起，我在地狱里的存在已经缺少意义，也不重要了，因为上帝已经为我的梦想划上了句号。这还且不说那个极其自然的情况，就是所有人在地狱里都会感到无望。他们称我是伪君子，是叛徒，他们会对我的改变进行恶意和歪曲的解释。毫无疑问，他们会任意对我进行永久性的折磨……

我就在这里，就在时间的边缘，支持我的只有我最脆弱的本性，我谈论着卑微的恐惧，炫耀着自爱。因为我无法忘记我以前在地狱里获得的成功。那是一种胜利，我敢肯定，是尘世的使徒们没有看到过的。那是一种壮观景象，而我的信仰就在其中，它坚不可破，不断繁衍，就像所有人手中的一把闪闪发光的剑。

我在地狱里爬行，但是我一刻也没有怀疑过。我被阴险的魔鬼包围着，永罚[1]的想法却无法在我头脑里诞生。大批的人在可怕的机器上遭受着刑罚。然而，对于每一个令人悲痛的事实，我的信仰都回答说：是上帝想考验我。

在尘世残害我的人对我所造成的痛苦仿佛并没有停止，而是在不折不扣地延续。上帝本人已经查看过我的所有创伤，却不能分辨出哪些创伤是在人间造成的，哪些来自于魔鬼之手。

我不知道我在地狱里待了多长时间，但我清楚地记得使徒传教之迅速和伟大。我不懈地履行我的任务，向其他人传达我的信念：我们并非注定要被打入地狱，惩罚是出自于我们的反抗和绝望态度。我们不要咒骂，而是要表现出牺牲和卑微。痛苦还是一样，经受一次考验什么也失去不了。上帝很快会把目光转向我们，他会意识到我们已经理解了他的秘密宗旨。火刑将会完成涤罪的事业，天堂的大门将会首先向被宽恕的人们打开。

我的希望颂歌很快就开始飞扬。信仰之泉开始以其已经被遗忘的甜蜜韵律让那些已经麻木的心又振作起来。我应该真心承认，对于很多人来说，那只是极度单调中的一种新奇。可甚至那些最不可救药的人都加入到这种呼求中，还有那些忘记了自己身份的妖魔也坚决地加入到我们的队伍中。他们于是看到了令他们惊讶的事情：那些被打入地狱的人自己走向炼炉，他们将火焰和烙器贴到自己胸前，跳到沸腾的

1 指地狱里受的永恒处罚。

大锅中，快意地喝着大杯的熔铅。由于同情而发抖的妖魔们走向他们，以其动人的姿态强迫他们休息一下，停止一下。地狱已经从卑贱深渊般的地方变成一个希望与苦修的神圣避难所。

现在他们在做什么？他们又重新回到叛逆和绝望的状态了吗？或者正在等待我回归地狱？而我已经不能以一个受到特别启示者的眼光去看待地狱了。

我曾经拒绝接受人类的所有论断，曾经在所有折磨的后面看到上帝那张微笑的脸，现在我承认我失败了。让我释然的是，是上帝而不是洛伦索修士让我醒悟。我被迫做出牺牲，承认他就是救世主，以此对我的虚荣做出足够的惩罚。在刑椅上没有破碎的自豪感会在他严厉的目光中成倍增强。

所有这些都是由于以前我想听天由命地生活。可真让人惊奇，听天由命地生活带来的却是最坏的结果。盲目信仰是对上帝的冒犯，他要求一种警醒和惊人的信仰。我已经消灭了我的意志，直觉和德行在我的精神和身体里自由通行。我没有分心，而是把全部力量都放在信仰上，以把我的寂静变成隐秘强烈的火焰。还有行为，我让它们任由那股捉摸不定又普遍存在的力量摆布，那股力量可以搅动尘世中的一切。

当我意识到，我发送到总意识库里的所有行为，无论是好的还是坏的，都已经完整记录到我的个人账簿上时，所有这些便都猛然破灭了，那个总意识库只是我们异教徒思维的虚幻创造。上帝向我证明天平和记录的存在，他逐一指出我的错误所在，把一个耻辱的负面清算结果置于我眼前。支持我的只有信仰，一个完全错误的信仰，不过它的偿债能力上帝还是愿意承认的。

我意识到，我的情况验证了宿命的存在，但是我不知道我是否可以在新尝试中安然无恙。上帝一再加深了我的困惑，已经把我从他的手中放开，而没有任何可以感受到的考验，面对在我毫无经验的眼前展开的不同道路，我还像以前一样的惶惑。人类的无能为力已经被精心恢复起来，我看待一切如同梦幻，而我没有带一点儿真实作为行李。

我身体的边际逐渐内缩。模糊的陆地正逐渐融入我的身体。我感到我的皮肤正在将已经从一个无意识球体里溢出来的东西包裹并固定住。感官慢慢再生，使我与外界及其内部事物得以沟通。

我身处自己的单间，站在地上。我看到墙上的十字架。我移动一下我的一条腿，拍拍我的额头。我活动了一下嘴唇，体会到了生命的气息，并尽力把那几个可怕的词加以连贯并试着说出来："我，阿隆索·德·塞迪略，承认错误并发誓放弃……"

随后我辨认出来，铁栅前面，手拿提灯观察着我的，正是洛伦索修士。

好方案，铺就所有倾斜道路。他是我生活的破坏者。

如果有人感兴趣，我在这里记录一些心理历程的初期情况：在上学前几年，有一天，生活让我接触了几个知道秘密事情的孩子，那些事情吸引人，带有神秘色彩。

当然，我不算是幸福的孩子。藏有沉重秘密的儿童心灵有点儿像飞不高的东西，是不能高升的负重天使。我那饰有柔和色彩的童年岁月常常显现出可悲的污渍。恶魔的幽灵准时出现，以其梦魇萦绕在我的梦境周围，给我的青春回忆加上了一层灼痛和负罪感的味道。

当得知上帝注视着我的所有行为时，我力图把我的不良行为隐藏到黑暗角落里。可是最后，按照大人们的指点，我公开了自己的秘密，以便它们在裁判中得到审视。我得知在上帝与我之间还有中介人，在很长一段时间里，我都是通过他们打理自己的事情。直至某个倒霉的日子，当时已经过了童年时期，我试图亲自打理自己的事情。

于是问题产生了，而对问题的考察总是被推迟。我开始在它们面前后退，逃离它们的威胁，日复一日地闭着眼睛生活，让善与恶共行其事。直到有一次，我重新审视，在这争斗的两者之间选择了其一。

我以骑士的勇气，站到更弱的一边，如下便是我们联盟的结果：

我们在所有战役中都失败了。在与敌人的所有交锋中，我们都无一例外地被追击，而在这里，在这个难忘的夜晚，我们又再一次且战且退。

为什么总是善良不能自保？为什么它如此之快就崩溃？花费数个小时刚刚精心造好的堡垒，就被一分钟的打击摧毁了整个结构。每天晚上我都身处被摧毁的一天的残骸之下，而那本来是美丽的一天，是用亲情打造的一天。

我感到自己一旦再也站不起来了，我就会决定像一只小蜥蜴那样生活在废墟中。例如现在，我的手就懒于做明天的事情了。如果梦境不来，哪怕是作为清算这一天的悲伤账目的快感而来，我将徒劳地等待复活。我会任凭黑暗力量在我的灵魂内生存，并向下盘旋着推动灵魂加速坠毁。

然而我也自问：能够为邪恶而生存吗？

如果邪恶之人在心里没有感受到善良的骚动渴望，他们怎么能心安理得呢？如果在每个罪恶行为后面都隐藏着一支惩罚大军，他们如何才能自卫呢？就我而言，我已经在那场战争中永久地失败了，而成群结队的悔恨就像凶狠的剑手追踪我至这个夜晚的小巷。

我曾多次满意地检阅一系列安分守己且几乎得胜的行为，而只需稍微反向回忆一下，就足以让它们遁迹。我不得不承认，我曾多次成为善人，仅仅是由于我缺少成为恶人的可让人接受的机会。我还苦涩地记得，当罪恶把它的全部诱惑放到我力所能及的地方时，我能做到何种地步。

于是，为了引导已经赋予我的灵魂，我以最急迫的声音要求得到一个数据，一个征兆，一根指南针。

世界的景象让我迷失了方向。它只是偶然出现，而且将一切弄混。没有理由把一系列行为聚拢在一起并与之对抗。

经验总是在我们的行为之后逐渐涌现出来，而且像教训那样无济于事。

我看到周围的人们，他们都过着隐密和无法解释的生活。我看到周围的儿童们，他们全神贯注地倾听着已经受到污染的声音；生活就像罪恶的奶妈，把毒物喂给孩子们。我看到用永恒话语相互争吵的人民，据说他们是受到偏爱而且经过挑选的人民。经过了几个世纪，可以看到分别由吸血鬼和白痴组成的乌合之众，而猛然间，处处可见一个仿佛盖有神印的灵魂。

我注视着甜蜜地忍受着它们的命运而且生活在不同规则下的动物们，注视着经过一轮神秘而蓬勃生命之后而憔悴的植物们，还有那些坚硬沉默的矿物们。

谜团不断落到我的心中，它们就像一粒粒种子，有种内在的浆汁使它们生长。

对上帝之手在地球上留下的每一个印记，我都去辨别和追踪。我敏捷地倾听着夜晚无定形的低声细语，我向寂静倾下身来，它忽然敞开，而又有一种声音打断了它。我窥测并力图进入到深处，进入群体，加入全体。可我一直形单影只，一无所知，一直是在岸边。

于是我从岸边，从码头上投出了这封信，它将石沉大海……

的确，你的信已经石沉大海。不过，在这种时刻，我就在那里。沉默的长廊非常广阔，我已经很长时间没有去过那里了。

所有事物都从世界之初来到这里停留。有一大批专门的天使在忙于传递来自地球的信息。这些信息经过认真地分类之后，存放于在沉默中准备就绪的卡片箱里。

我回复的是一封按照惯例应该永远被归档的信，你对此不必惊奇。就像你本人已经要求的那样，我不会把宇宙的秘密交到你的手里，而是给你一些有益的指点。我觉得你会很明智，完全不会认为可以得到我的帮助，也没有任何理由可以让你从明天开始就像一个得到启示的人那样举手投足。

除此之外，我的信是用话语写的。话语带有明显的人类特质，而我不会在其中留下自己的丝毫踪迹。我已经习惯于掌控更广阔的事物，而这些小小的符号像卵石一样光滑，不太适合于我。为了恰当地表达我的意思，我应该使用一种与我所要表达的内容相配的语言。可我们可能还会回到我们永久的位置上去，而你可能仍将无法理解我的意思。所以，你不要在我的话语里寻找高尚的特质：那是你自己的语言，平淡无奇，自然也是卑微的，我对使用这种语言没有经验。

在你的信里有种我喜欢的语调。我习惯于只听责备或祈求，你的音调里有种新鲜的音质。内容陈旧，可是有种诚意，有受苦孩子的哀叹，且没有傲慢之气。

你知道人们是以两种方式对待我的：或者是面对圣人时的心醉神迷，或者是无神论的亵渎。大部分人则使用一种机械的系统化祈祷语言，以便来到这里。那种祈祷流于空泛，只有受到感化的灵魂赋予其新激情的时候才不至如此。

你的话语非常平静，只有一点我可以加以指责，那就是你曾经非常严肃地说你的信将石沉大海，仿佛对此你已经事先知晓。你刚写完信时，我恰好到了那里，这种情况纯属偶然。如果再迟到一会儿，当我读到你激情澎湃的字句时，也许你已经不存在于地球上，甚至没有留下你的一丁点骨灰。

我想让你像我观察世界那样来观察这个世界，把它当作一个宏伟的实验。直到目前，结果还不太明朗，我承认，人们的破坏范围已经远大于我的设想。我想他们要毁坏一切并不困难。而这，正是由于那么一点儿被不当使用的自由。

你只是将将触及我带着痛苦深入察看的问题。其中有所有人的痛苦，有儿童们的痛苦，有动物们的痛苦，在纯洁性上，它们与孩子极其相似。我看到儿童们在受难，我真希望把他们永久地拯救出来：避免他们成为成年人。不过我还得再等待一下，满怀信心地等待着。

如果你也不能忍受自己身上的那一点自由，你就改变一下你灵魂的姿态，并仅仅保持被动与卑微。你要热情地接受生活放在你手里的东西。你别去妄求天上的果实，不要太过奢求。

至于你要的指南针，我应该向你说明的是，我已经把它给你放在一个谁也不知道的地方，我不能再给你一个了。你记着，我能够给你的，已经给你了。

也许你应该在某种宗教信仰中休息一下。这个也随你的便。我不能向你推荐其中某种宗教信仰，因为我并不是很适合做这个的人。不管怎么说，如果在你的身体里有种深深的声音要求你这样做，那你想一想，并自己做出决定。

我要向你建议的，而且是极力向你建议的，是你不要再进行痛苦的研究，而是致力于观察你周围的小宇宙。你要小心记录日常奇迹，在你心里迎接美丽。你要接收其不可言喻的信息，并用你的语言把它们诠释出来。

我觉得你缺乏行动，你还没有深入到工作的深层意义里。你应该寻找一个能够满足你需要，每天只能留给你几小时可自由支配的工作。你要特别注意这点，这是一个对你非常适合的忠告。一天辛勤劳动之后，人们一般不会遇到像今天这样的夜晚，你很走运，沉睡中的你此刻即将过完这样的夜晚。

我若是你，就会为自己寻找一个园丁的差事或者按照自己的想法，种一块园地。园地里有花和前去采花的蝴蝶，已经足以让自己的生活快乐起来。

如果你觉得孤独，可以寻找另外一些灵魂做伴。你要常去找他们，不过你不要忘记，每个灵魂都是特意为孤独而创造的。

我希望在你的桌上看到其他的信。如果你拒绝与不愉快的事情接触，就给我写信吧。还有那么多的话题可谈，你的生活肯定只涉及很少一部分。我们捡最美好的话题说。

我就不落款了，而为了证实这封信的真实性（你不要认为你是在做梦），我要给你一件东西：我要在白天向你展示一下自己，以一种你可以很容易就认出我的方式，例如……不过不是所有人，只你一个人，只有你务必要发现这一方式。

尘世生活费[1]

“我很介意我们的朋友对我的生活费漠不关心……

“我的生活费本不该遭遇或蒙受短缺或者意外……

“大人您说，我的生活费有什么错，我的信誉又有什么罪，竟让我的生活费不能准时支付……？

“我的生活费共计一千里亚尔[2]，时间跨度为现在直至圣·佩德罗节[3]……

“所此，我请求阁下让佩德罗·阿隆索·德·巴埃纳给我寄来八千五百里亚尔的取款单据，这是我从现在直至年底这数月的生活费……

“我与唐·阿古斯丁·菲耶斯科已商定，我让他给佩德罗·阿隆索·德·巴埃纳先生写信，请他料理我生活费的事情……

“我还要请求您提醒我们的朋友——您会发现这样做比较好——每个月六百里亚尔不足以支付一个宣教儿童的生活费用……

“如果能够摆脱生活费的苦恼，并通过同一途径申请我六月份的生活费，那将是对我的巨大恩典……

“一个受供养的人是没有回头路的……

“看在上帝的分上，请阁下尽力满足这些人的需要，并帮助我得到七月份的生活费……

“从现在直至十二月底，仅凭五百里亚尔，就是勤俭之人也活不下去，更何况是一个体面人……

“明天就进入一月份了，是一年也是我生活费的起始……

“我恳请阁下，让这位朋友提高从现在直至十月份的生活费……

“我曾想，随着四旬斋的到来，这位朋友会改变一下诸如食物方面的条件，而现在我发现这位朋友在生活费方面，对我比对其他人更差了。他们合伙对付我，使我星期日都得斋戒，教会都允许星期日吃饭的……

“账面上今年的生活费很少，但实际给的更少，因为一次都没给过……

“如果得不到预支的生活费，那就没法儿活了……

“用同一件事情麻烦您两次并不好，而这件事就是请您关注我的生活费……

“咱们凑一下我可怜的生活费，让我也吃得上饭吧，即

1 本篇所有词句皆摘自西班牙古典文学黄金时期的巴洛克诗人路易斯·德·贡戈拉·伊·阿尔戈特的作品《书信集》。

2 旧时西班牙和拉丁美洲各国通用的银币单位。

3 在西班牙的天主教传统中，圣·佩德罗被认为是历史上的首位教皇，而他的忌日（6月29日）催生了一年一度的圣·佩德罗节。

使永远不吃晚饭也行……

“我恳求阁下在这方面想方设法，我已经记不得自己，也记不得我的生活费了……

（我想再要一根血肠，让它在烤肉架上爆裂……）

“如果阁下不能按照惯例给予我帮助，让他们把我的生活费一起发放给我，我就会死去，我的信誉更是如此……

“我想知道我的生活费是否与他人不同，又或者我自己倒霉，我比其他人更值得赞美……

“我们的朋友对我的天性进行了昂贵的试验，无疑是对我的天使特性进行了了解，因为他让我斋戒了那么多天……

“我的唐·弗朗西斯科先生：阁下，您是有磨的人，您知道磨坊主吃的不是磨石刮板发出的声音，而是磨上漏斗里的麦粒……

“我可怜的食物有什么错？那是唐·费尔南多·德·科尔多瓦·伊·卡多纳先生的援助……

“再加上一点儿就足以保证提高我的生活费了……

“我请求阁下，劳驾您替我请求他，将我今年应该得到的生活费恩赐给我……

“这是您的创意，您不仅拖延支付生活费，还要加以扣留，就像您现在所做的那样……

“请不要这样冷酷地抛弃我，只给我这么一点少得可怜的生活费……

“至于我的生活费，我这段时间已经遭遇了数之不尽的匮乏……

“我们已经四个月没有见到过一文钱生活费了……

“劳驾请人用我的生活费购买四阿罗瓦[1]干柑橘花，我是说那种已经在蒸馏器上烘焙过的柑橘花。

“鉴于您在生活费上对我不离不弃，我现在一遍遍地亲吻您的双手，就如同亲吻中包含着钱币……

“您完全应该用那张单据支付对我欠下的所有生活费，而不是一点儿一点儿地给我……

“我等待着我生活费的保证金……

“他们从我的生活费里扣除了八百里亚尔，我是说八百五十里亚尔，到这个月底为止……

“我与阿古斯丁·菲耶斯科已商定，让他把直至八月底——即今日——以及将于明天开始的九月份还欠我的两千五百五十里亚尔生活费现在便付给我，那样一来，直至九月底我就都有生活费可用了……

“我恳求阁下在这件事中不要再食言，因为它关系到生活费发放程序的信誉和后果……

“让他们预支我一个月的生活费并不过分……

“支付并不十分急迫，金额少于我的生活费的保证金亦是如此……

“阁下需要对我不理不睬，需要写信给菲耶斯科一家，好让他们仍旧对我拒付生活费吗？

---

1 阿罗瓦，西班牙等国的重量单位，约等于 11.502 公斤；沿用于巴西，约合 15 公斤。

“为此还需要对我的生活费准备金做一点提高……

“他不愿意提前三天发放生活费……

“我恳请您，劳驾您帮帮我，我用这么少的生活费什么都买不了……

“我多次亲吻阁下的双手，请求提前支付生活费……

“我请求阁下将拖欠的两个月生活费恩赐给我……

“我比您上次见到我时情况更糟，糟到我得卖掉一个乌木写字台才能支付这两个星期的饭钱，以此延迟我对生活费的失望……

“按照克里斯托瓦尔·德·埃雷迪亚的说法，总会有人给我面包，我常拿鲁特[1]产的炸肉条就面包吃……

“没有光明，甚至没有让人舒心的晨光暮色：我的生活中只有夜晚，而更糟糕的是，在夜晚我都吃不上饭……

“我正和您在一个盘子里吃饭，真要如此该有多好，其实我只是在阁下的桌子底下吃您的残羹，同时祈求着您丢下哪怕是一片面包也好……

“我要向上帝和世界抱怨，他们将会对我说，我唐·路易斯·德·贡戈拉无处不在，且最常待在马德里，他们会叫人给我寄来高额的生活费……

“我亲吻阁下的双手，感谢您供养我……

“因为对于一个在此地生活且身份重要的人来说，八百里亚尔的生活费很是微薄……

1 鲁特是西班牙安达卢西亚自治区科尔多瓦省的一个市镇。

“我已迈过冬季的门槛却还身无完衫，请预支一个半月的生活费，好让我能吃得上饭……”

唐·路易斯·德·贡戈拉·伊·阿尔戈特《书信集》

声　誉

礼貌不是我的强项。在公共汽车上，我常常以阅读或萎靡来掩饰我的这种缺陷。不过今天，面对一个站着的女人，我从自己的座位上自行站了起来。那个女人有着传报天使[1]的朦胧外表。

那位受惠于这个无意识让座行为的夫人对此以非常热情的话语表示感谢，以至于引起了两三个乘客的注意。不过旁边的座位马上也腾出来了，天使以一个轻微的示意动作让我坐下来，她自己也露出漂亮的轻松表情。我坐在座位上，希望我们在行程中不会遇到什么麻烦。

不过那一天我受到了命运的驱使，以一种神秘的方式。又一个女人上了车，她的身上并没有翅膀。这是一个让一切回归正轨的好机会，但我没有抓住它。我当然可以仍旧坐在座位上，由此扼杀一个虚假声誉的胚芽。然而，怯懦的我自觉与我的女伴已经达成某种约定，还是赶紧站了起来，有礼貌地把座位让给了刚上车的女人。看上去从来没有人给过她如此礼遇，她以语无伦次的感激话语把事情推向高潮。

这次可不只有两三个人微笑着认可了我的礼貌行为，至少有一半乘客把目光投向我，仿佛在说：“这才是绅士。”我想下车，可又立即放弃了这个想法，坦然地随遇而安，进而希望事情到此为止。

过了两条街以后，一个乘客下车了。一位夫人从车的另一端招呼我坐到那个空座位上。她只是用一个眼神招呼了我，可那眼神不可抗拒，甚至制止了一个动作领先于我的人。可那眼神又如此温柔，让我以犹豫不决的脚步穿过过道坐到那个座位上，那是个荣誉之地。几个站着的男性乘客鄙夷地微笑着。我已经揣测到他们的羡慕，他们的嫉妒，他们的怨恨，我感到有些痛苦。而夫人们正相反，仿佛在以她们沉默而热情的赞许保护着我。

一个新的考验，比前两次更重大的考验，在下一个拐弯处等着我：一名带着两个小孩儿的夫人上了车，一个孩子在怀中抱着，另一个孩子刚会走路。在万众期待之下，我立即站了起来，向那动人的三人小组走去。女人带着两三个包裹艰难地走过来，她至少走了半个街区，而她的大手包一直没能打开。我尽最大可能迅速地帮助了她，帮她安排好孩子和包裹，并跟司机说给两个孩子免票，女人最终坐到了我的座位上，而女乘客们刚才也一直守着这个座位，免得其他人坐上去。我牵住大孩子的小手。

我对乘客的义务陡然增加。大家都可以指望我为他们

1 传报天使指的是天使加百列，他向马利亚传报耶稣将通过马利亚成胎而降生。

做任何事情。在那个时刻，我成了女人们心中理想绅士和弱者保护人的化身。责任感就像一层令人难受的胸甲压在我身上，而我则希望身侧有把剑，因为总会有严重的事情在我这里发生。例如，如果某个男乘客有越轨行为，这种事情在公共汽车上常有，我就应该告诫那个冒犯者，甚至与他进行战斗。不管怎么说，女人们对我巴亚德[1]式的反应完全放心。我觉得自己都快疯了。

这时候我们已经到了我该下车的那个拐弯处。我看到了我的家，就像看到一块应许之地。可是我没有下车。我无法动弹，公共汽车猛然起动，让我产生一种这大概是一次横跨大西洋的奇遇的想法。我迅速平静下来，我不能就这么逃走，辜负那些已经把她们的安全寄托于我的女人们，她们已经赋予我掌舵人的地位。此外，我还得承认，一想到下车后，我那在此之前一直克制着的冲动将得到释放，我就备感拘束。如果说一方面我使得大部分女人都感到安全，那么另一方面我对自己在男人们中间的声望感到不安。可能等我刚下车，我身后就会爆发出欢呼或嘘笑声。我不想冒这个险。而且如果某个怀恨在心的人利用我不在的机会放任他自己的卑鄙行为呢？我决定留下来，在终点站，直到所有人都安全了，我再最后一个下车。

女人们在她们各自的拐弯处心满意足地陆续下车了。我

---

1 巴亚德（1476—1524），法国中世纪末的一名骑士，被誉为“无畏无瑕的骑士巴亚德”。他征战一生，是法兰西骑士的榜样、标杆和化身，是中世纪至文艺复兴时代西方骑士精神的典范。

的天哪，司机让公共汽车靠近人行道，并把车完全停下来，等待每一位夫人将她的双脚踏到地面上。在最后一刻，我在每张脸上都看到一种和蔼的表情，有些像亲切告别的样子。带着孩子的女人在我的帮助下最后一个下了车，给了我几个儿童式的吻，那几个吻依旧沉重地压在我心头，就像是一种自责。

我在一个空旷甚至可以说是蛮荒的拐弯处下了车，没有盛大的场面和仪式。那辆公共汽车离开了，车里已经没有了那群造就了我绅士声誉的零零散散、偶然相遇的人们，但在我心中，依然保留着大量且多余的英雄气概。

争斗纪事

在萨波特兰有个广场，人们称它为阿梅卡，谁知道是为什么呢。一条宽阔的石板路猛然受阻，分为两条。城镇就在那里进入玉米地。

这就是阿梅卡小广场，它呈八角形，其上坐落着一些门户高大的房子。很久以前的一天下午，两个昔日对手在这里相遇，不过中间还有个姑娘。

阿梅卡小广场可供大车通行。车轮碾压石块地面，将它辗压得很滑很滑。起风的时候，就会有石头粉末烧灼眼睛。直到不久前，那里还有个给水栓。一根水管分出两个龙头，扳手是青铜质地，而水池则由石头凿成。

首先来到的是那个姑娘，她带着红色水罐，沿着一分为二的宽大街道走来。两个对手则沿着两侧的街道与她迎面走来，他们并不知道会在这个三角地不期而遇。两个对手和那个姑娘仿佛按照命运的安排，各自从自己的街道走来。

姑娘准备打水，她拧开龙头。这时两个男人露面了，他们都清楚自己是为同一个目的而来。每个人的街道都走到头了，而谁也不再向前多走一步。他们对视的目光越来越咄咄逼人，谁也没有挪低视线。

“喂，哥们儿，你盯着我看什么呢？”

“随便看看而已。”

也许他们心里是这样说的，不过没有说出来。目光说明了一切。没有来言，也没有去语。在这个仿佛由邻居们故意腾空的广场上，事情就要开始了。

水流在注满水罐的同时，也为他们注满了争斗的欲望。打破了当场那彻底沉默的便只有这欲望。水溢出水罐时，姑娘才意识到水满了，她关上龙头。她把水罐扛到肩上，几乎是带着恐惧跑开的。

爱她的俩人进入对峙的最后时刻，就像两只还没有被放开的公鸡，一只虎视眈眈，另一只眼里冒火。姑娘刚走上另一侧的通道，一步没走好，水罐摔碎了，水也洒到了地上。

它恰巧成为了导火索。一个人拿着短剑，不过尺寸很大，而另一个人拿着海滨砍刀。他们刀剑相争，并利用身上的萨拉佩披肩抵挡了小部分攻击。姑娘早已走远，只留下一片水渍，只剩下那两个人为了水罐的碎片而打斗。

两个人都很好斗，打得两败俱伤。那天下午，时间流逝，直至静止。两个人都躺在地上，一个人没了脑袋，一个人头被劈开。他们就像两只好斗的公鸡，最后只剩一方还有那么一点气息。

快到晚上的时候，来了很多人。女人们开始祈祷，男人们看样子是在奔走相告。其中一个死者还能说上一点儿话，他问另外那个人是否也气得够呛。

后来人们得知这件事中还有个姑娘。那个摔破水罐的姑娘留下了个挑事的坏名声。据说她甚至没能结婚。即使她去了希罗特兰·德·罗斯·多洛雷斯[1]，她那水性杨花的恶名也将如影随形，甚至比她早一步传到那里。

1 墨西哥城镇名，位于墨西哥哈利斯科州。

给一个补坏鞋子的鞋匠的信

尊敬的先生：

由于我已经平静地支付了您向我收取的修鞋费用，您肯定会奇怪我为什么还必须寄给您这封信。

最初我并没有意识到已经发生的灾难。我很高兴地接受了我的鞋，预言它们会长命，也为我终于做到了节省而满意：几个比索，一双新鞋。（而这完全就是您的原话，我可以将其重复一遍。）

可是我的热情很快就终止了。到家以后，我仔细查看我的鞋。我发现它们有点变形，有些硬和瘦。我不想太在意这些变化。我是讲理的人。经过修整的鞋有些怪异，呈现出新的模样，这样的情况几乎总是让人沮丧。

在这里需要提出的是，我的鞋并没有被完全毁坏。您本人对您使用的材料和您的制作工艺表达了赞美，甚至把您的产品商标吹得很高。总之，您承诺这将是一双新鞋。

那么好吧，我已经不能等到第二天，于是便脱下鞋，以检验您的承诺。现在我在这里，双脚疼痛着给您写这封信，而不是因检验失败而对您口出恶言。

我的脚没法塞进鞋里。就像所有人一样，我的脚也是由一种柔软而敏感的物质构成的。可我遇到的是一双铁鞋。我不知道您是如何以及用何种手艺让我的鞋变得无法使用的。它们就在那里，在一个角落里，弯曲的鞋头正嘲讽地向我挤弄着眼睛。

所有的努力都失败后，我开始认真考虑您所做的工作。我应该提醒您，在鞋方面，我缺少一个全面的了解。我唯一知道的是，有的鞋让我受罪，而另外一些鞋则相反，让我亲切地想起它们，想起它们的柔软和弹性。

我让您修理的那双鞋是令人赞赏的鞋，它们已经忠实地服务了我很多个月了。我的脚在鞋里如鱼得水。这双鞋仿佛是我身体的一部分，它们不仅是鞋，更是一种保护壳，让我步履坚实。它们的皮就像是我自己的皮，健康而又结实。只是它们已经表现出疲惫，特别是鞋底，大块地方变薄很多，让我觉得这双鞋变得越来越陌生，感觉它们就要完了。我把它们带到您那里的时候，已经快可以看到袜子了。

还得说说鞋跟。我踩地总踩不好，而我这个已经无法改变的老毛病在鞋跟上留下了清晰无比的印记。

我曾经野心勃勃地想要延长我的鞋的使用寿命。我觉得这个野心无可指责，相反，它是一种勤俭的表现，也包含着某种程度的卑微。我没有把我的鞋扔掉，而是想再穿上一段时间，虽然在这段时间里，鞋不会再像以前那样光亮和气派了。另外，我们这些生活简朴的人习惯于将旧鞋翻新，如果我没说错的话，这种习惯也是像您这样的人的生活方式[1]。

我必须说，我对您的修鞋工作非常不满意。例如，我发现您并不爱您的职业。如果您能够把全部怨恨放在一边，到我家来，观赏一下我的鞋，就会觉得我完全有理。您看看这是什么缝线，就是瞎子也不会缝得这么差。鞋皮的切割粗糙到匪夷所思，鞋底的边缘参差不齐，露出危险的棱角。可以完全肯定的是，您的作坊里没有鞋楦，因为我的鞋形简直难以名状。您别忘了，我的鞋以前虽然破旧，可它们的某些线条还具有美感。而现在……

还得请您把手伸到鞋里面去。您会触摸到一个险恶的孔洞。脚得变成蛇才能钻进去。接着又突然出现一个障碍：快到鞋头的地方有一个像水泥枢槽一样的东西。这可能吗？鞋匠先生，我的脚也是脚，和您的脚一样，如果您也长着人类的四肢的话。

不过这就够了。我对您说过，您配不上您的职业，这是事实。对于您来说，这也是可悲的，而对于您的顾客来说，这是危险的，因为他们确实没钱可以浪费。

我要说一句：我不是被利益驱使才这样说的。我是穷人，可我不是吝啬鬼。这封信并不是为了要回我为您的破坏工程而支付的钱。完全不是这样。我给您写信只是为了让您热爱您自己的工作。我向您讲述我的鞋的悲剧，是为了激起您对这份工作的尊敬，这份工作是生活放在您手里的，在

1　原文为拉丁文：modus vivendi，表示“生活模式”或“生活方式”。

您青年时代的某段时间，您高兴地掌握了这份工作……对不起，您现在仍然是青年。年纪轻，您就有时间重新开始，如果您已经忘了如何修鞋的话。

我们需要优秀的工匠，需要他们重新做回以前那样的工匠，他们不仅仅是为了挣钱，而且是为了将神圣的劳动准则付诸实践。这个准则已经在我这双鞋里被无可原谅地嘲弄了。

我还想跟您说说我们镇上的工匠，他曾认真仔细地修理了我的童鞋。不过这封信不该用来向您举例子。

我只想对您说一件事：如果您没有生气，而且心有所感，似一股愧疚之情直达双手，那么请您到我家来，拿起我的鞋，尽力对它们做第二次修补，那么一切都将回归正轨。

我向您保证，如果我的脚能够穿进鞋里，我会给您写一封漂亮的感谢信，并在信中将您称作完美的人，称作工匠的楷模。

图书在版编目（CIP）数据

寓言集 /（墨）阿雷奥拉著；梁倩如，刘京胜译 .
—上海：上海译文出版社，2017.5（2018.3重印）
书名原文：Confabulario
ISBN 978-7-5327-7491-3

Ⅰ.①寓… Ⅱ.①阿… ②梁… ③刘… Ⅲ.①短篇小
说—小说集—墨西哥—现代 Ⅳ.① I731.45

中国版本图书馆 CIP 数据核字（2017）第 083609 号

Juan José Arreola
Confabulario

Esta publicación fue realizada con el estímulo del Programa
de Apoyo a la Traducción (PROTRAD) dependiente de
instituciones culturales mexicanas.

本书出版获墨西哥文化机构“资助翻译项目”（PROTRAD）支持。

图字：09-2015-1116号

寓言集
[墨] 胡安·何塞·阿雷奥拉 著　梁倩如　刘京胜 译
责任编辑 / 刘岁月　装帧设计 / 柴昊洲

上海译文出版社有限公司出版、发行
网址：www.yiwen.com.cn
200001 上海福建中路193号 www.ewen.co
江阴金马印刷有限公司印刷

开本 787×1092　1/32　印张 5.25　插页 5　字数 74,000
2017年5月第1版　2018年3月第2次印刷
印数：6,001—9,000册

ISBN 978-7-5327-7491-3/I·4572
定价：32.00元